罗桑娜·沃伦诗选

〔美〕罗桑娜·沃伦——著

马永波——译

中国出版集团 东方出版中心

图书在版编目 (CIP) 数据

罗桑娜·沃伦诗选 / (美) 罗桑娜·沃伦著；马永波译. -- 上海：东方出版中心, 2025. 1. -- ISBN 978-7-5473-2615-2

Ⅰ. I712. 25

中国国家版本馆 CIP 数据核字第 2025KH0326 号

罗桑娜·沃伦诗选

著　　者　[美］罗桑娜·沃伦
译　　者　马永波
责任编辑　潘灵剑
封面设计　钟　颖

出 版 人　陈义望
出版发行　东方出版中心
地　　址　上海市仙霞路 345 号
邮政编码　200336
电　　话　021 - 62417400
印 刷 者　上海万卷印刷股份有限公司

开　　本　890mm×1240mm　1/32
印　　张　13.75
版　　次　2025 年 6 月第 1 版
印　　次　2025 年 6 月第 1 次印刷
定　　价　78.00 元

目　录
Contents

第三辑 《红帽幽灵》(2011)

4

第四辑 《启程》(2003)

第五辑 《彩色玻璃》(1993)

第六辑 《每片叶子都各自闪耀》(1984)

第一辑

新　诗

新　年

是我把自己留在后面了吗？还是

当火车咔嚓咔嚓向北驶进黄昏

这个国家随着每一次摩擦放弃了自己？

钢梁闪过，工厂的幽灵们。

然后是结冻的田野，残株窄窄地铺开

一种古老、陌生、无法破译的文字。

新的孤独在污渍斑斑的窗格上闪现。

仿佛我在以比引擎疾驰更快的速度老去……

而哈德逊河将它巨大的、皱巴巴的困倦，

推向南方，以自己的节奏梦着：这没顶之河，

携带数千年的沉积物

穿过撕裂的岩石子宫。

愤怒的标志划破了阴影。破损的汽车

堆在院子里，倾斜的栅栏，棚子

发誓要复仇。然后是一阵飞雪

撕裂了树木，黑夜把我们整个吞没。

直到黎明，把我从铺位上猛地颠醒，

出现在印第安纳霜冻的犁沟，

嵌在农场中间的一座乡村墓地之上。

（首发于《纽约客》，入选 2024 年度《美国最佳诗选》）

数　论

那四英尺半长的黑背食鼠蛇摇摆着

爬上来,穿过厨房的纱门,寻找

进来的路。不过,它遇到的

是我们的眼睛,便缓慢而谨慎地撤退了

滑过石头门廊,越过墙壁,

沿着地基,检查每一个裂缝,

感觉,嗅闻,倾听

寻找解决方案,终于,它在拐角处

找到了办法,爬上后面的石板台阶,

在那里,将它不可思议的身长和腰围,

一寸一寸的花纹,挤进顶层石板下的窄缝。于是

我们知道,我们正与一个耐心的同伴

住在一起,它像你一样好奇。你

紧张地坐在椅子上,一边低语,一边探查着

素数之间的缝隙。直到无穷大。

你寻找的是模式。通过这个出口

你的思想会突然滑入一个明亮的空间

并安于其中。在一个摇摇欲坠,黄蜂啃咬墙壁的房

　子里。

（首发于《纽约客》）

每日的祈祷

在我们的修道院,蟋蟀

在白昼漫长的林荫道和夜晚的拱门下

打着响板,在我们的

修道院,成群的蜻蜓

在草地上巡逻,拉开

视线的拉链,与此同时

蕨类卷曲成青铜色,薄荷战栗,

野胡萝卜磨损着高草的圣衣,

在晌礼前,鹰向山月桂俯冲但又急转

向上飞起,愤怒的爪子空空如也,

白色的腹羽和踝部的绒毛一闪而过。在我们的

修道院,暴风雨之前,枫树和白松干呕着

剧烈摇摆,雷声在围合的地平线上

轰响,仿佛一只发怒的狗

咬住天空,在猛烈地前后甩动

直到馅料掉落出来。但是在漫长的

旱季里,寂静变得深邃

变成废弃的采石场和老井。你的

素数之间的空隙像星际空间一样脉动。

我们的生活渐入骨髓。

你抚摩我的脊椎:一个古老代码的

原始颤抖。当我在夜里起身

在黑暗中摸索着回到床上,一只手

放在门上，一只手摸索着墙壁，
是我母亲的幽灵触碰了我。现在我是否明白，
她在她那损毁了的视力的洞穴中
有着怎样的感受？亲爱的主，请看顾那些
在今夜里工作、守望或哭泣的人。把我们
藏在你翅膀的荫下。我们
学得多慢。晚祷。在夜的守望中。

（首发于《哈佛评论》）

小 死 蛇

当我走近

我害怕且不想
看到的东西——那条小食鼠蛇蜷缩在
为老鼠设下的黏胶陷阱里
挣扎着死去——
　　　　　　我喊叫起来,扭曲双手,但还是回来
戴着手套
收起陷阱,把它
倒进塑料袋里,用铲子带进树林
　　　　　在密集的、根须交织的土壤中挖了个洞
把它埋了,然后抬头仰望
高大的山毛榉和橡树用繁茂的枝叶梳理着
一丝丝的云缕,

于是：我试图

轻轻地,用双手
从我的胸中,释放我对你的恐惧,
那些记录了
　　　　　我的恐惧的故事,试图
把它们解放出来,放置在
视线之外,

超越我的信仰之所及,超越恐惧,

但却无法

明白
我为你,也为我自己
设下了什么样的陷阱。

(首发于《三便士评论》)

墨 西 哥

不，我没有抛弃我的祖母，我几乎

不认识她。但我弄丢了她的书，

那些 1908 年左右的墨西哥指南

那时，她这个年轻的外国新娘

在仙人掌中间骑马——她很有风度，我的祖母，

带宽边帽的漂亮女士——而她的工程师丈夫

在英属矿山里修修补补，直到

他的心脏怦怦直跳。多么浪漫：他们从未听说过

萨帕塔①。她穿着长裙，带花边的衬衫。

他们啜着茶水。学会了几句西班牙语。

而那些书呢？精装的，发霉了，带有蚀刻版画

戴着草帽的男人们，裹着披肩的女人们，

很多驴子。几十年我拖着它们，从一个房子

到另一个房子。想知道能否在那些书页中遇见她。

我从未遇见。而现在，

那些热情而无知的新教徒新人

连同他们墨西哥的新婚宴尔之后

长期的蓬头垢面，已经消失在某个垃圾箱

或丢弃的纸箱中。我能放下

多少过去？抛弃别人的幻想

---

① 埃米利亚诺·萨帕塔·萨拉查（Emiliano Zapata Salazar, 1879—1919），
1910 年至 1920 年墨西哥革命的领军人物。

的确容易。在这里,在我纽约的
窗外,海棠梨的羊皮纸叶子
在风中拍手,在鼓掌,
还是中了风,正在颤抖?

（首发于《三便士评论》）

纸 浆

他在撕毁一场战争。《纽约时报》
变成了纸条，从他指缝间滑落
落进一碗面粉和胶水的糨糊里，然后
贴在气球周围，在那里揉捏出

坦克、导弹、眼神空洞戴头盔的士兵
和被炸毁的公寓，在一个未来的南瓜面具
肿胀的头骨上。但是他暂时停下来
在撕毁年轻新兵的纸页之前，

那些超级英雄的装备和无敌姿势，
和他的漫画一模一样。他才五岁。
糨糊溅在他的头发上，裤子上。
他将把这一场混乱变成一个整体，

我们将见到有史以来最可怕的南瓜。
没有炸弹落在这里。我们可以自由地
在厨房地板上把那些国家整个撕裂。
既然如此，为什么不把

家族争斗，我们自己发霉的伤害
和复仇档案撕个粉碎：我们将用这些碎片，
这些黏糊糊的东西，制作出什么样的面具，

当它们晾干之后,我们在上面

割出眼洞,给有裂纹的框架涂色,
我们将眯着眼睛,用什么样新的视线
瞧着那个有强迫症的兄弟,该隐,
一次又一次地,把悲剧反复上演。

（首发于《三便士评论》）

瘤 子

抓着荚莲的红色核果，
猫鹊们在枝条上弹跳，
当高热压服我们，蟋蟀
在毛发竖立的草地上用砂纸打磨阳光。
我们并没有迷失。我们只是静默了。
如果我们不说话，那不是因为
无话可说，而是因为那只猫头鹰
用刺耳的口哨替我们说过了，
在二十英尺外的溪流上，它栖息在
一根倒木上，一副学者派头，审视着
石头间的细流。然后它突然
丢下又抓住了——什么？一只蝾螈？
叼在嘴里。然后吞了下去。咂嘴声，
咔嚓声，在这之后，它非常讲究地
在树干上擦拭嘴巴。而黄蜂更有独创性
它钻进橡树叶中产卵，注射毒素
使叶子膨胀成一个瘤，一个球形的纸莎草
宫殿，被征用的树在里面
生成一个自助餐厅，饲养幼虫，
直到它们长出翅膀和脚，瞧，它们
啃出一条出路，飞走了。它们留下
这个茶色的纸灯笼球，
老普林尼教导我们，把它碾碎，与硫酸铁一起煮，

就能制造出欧洲人用了几乎两千年的
橡树瘤墨水。我们并没有迷失。
我们一直在写。从我们的
沉默、我们的胆汁中写。我们磨损。长瘤。
幼虫饥饿。猫头鹰饥饿。而我们，
从疾病中，创制出了一本饥饿法典，
精确地塑造了字母，这样它们就会持续下去。

（首发于《三便士评论》）

铭　文

倒下的橡树根部高高扬起,
呈华丽的哥特式菱形:大地
被连日的雨水浸透,幽灵管冒了出来,
弯曲着它们的权杖,幽灵般的寄生物。
我从它们那里借来一切,有时我觉得
自己是一株植物,苍白的真菌异养。
"这是一本关于时间的
小说,"博学的作家宣称。
是的,生命之书的每一页
都在这个病态、隐居的年头
缓慢又迅疾地翻动,脚下
是湿漉漉的页岩,头顶
是发抖的山毛榉树叶的银光。
雪刚刚融化,楸树的白色火炬
就旋即熄灭,夏天开始滑入它的
地下密牢。当黑熊
突然间溜进草地,我们从未听见
它接近的声音:转眼间
它就到了这里,完整的存在,一个剪影
高高地用后腿立起,拍打着
低矮树枝上的苹果。当它转身,
露出它罗马式的鼻子,先知的
额头,和深思熟虑的眼睛。

像影子一样跃上树干,几乎

隐没在颤抖的绿叶中:它就在那儿,

咀嚼着野苹果,这是它的季节,

这是它们的季节:让我抛开

我的恐惧,其他的将会在冬至降临:

在童年,我睡在高处的房间里,

四周是黑袖子的云杉,一个树屋,我在那儿

学会了阴影的语法。那座树屋

已不复存在,高耸的云杉已被砍倒:我听见

熊在咀嚼,树枝在摇动,很难

区分它的黑色与树木本身的

内在之夜。而那更大的夜晚,

哦,是的,我将会逐渐领悟。

(首发于《肯庸评论》)

梦窗疏石的神龛①

母熊的后腿站立起来，用力拍打
枝干上绿色的苹果，两只幼崽
沿着树干滑上去，似乎黑色的水流
可以向上流动，消失在颤抖的叶子中。
第三只幼崽在深草中翻寻果实。
这些苹果又小又酸。熊们
饥肠辘辘，努力工作。整个草地
都在努力震动，当蟋蟀轻弹，
蜻蜓切开空气，头顶上
飘浮的游隼发出高亢断续的叫声。
我的手指染上了墨水。在京都，
在疏石的古寺，那座配墨的石槽
直立着，一个写作的神龛。在它的底部
有一个水槽，一个水舀子。人们舀起水来，
浇在手上。人们祈求自己的写作
能够纯粹。何其艰难，我们想要的太多。
我们渴望，我们想要，留下我们的名字。
"学者的手，"那流亡的研究者告诉我，
她握住我的双手。"老茧。
墨渍。粗糙的指甲。干活的手。"

---

① 梦窗疏石（Musō Soseki，1275—1351），日本镰仓时代末期至室町时代初
期著名佛教临济宗僧人，号称七朝帝师。

她现在不在了。梦窗疏石的池塘
已经存续了七百年。

（首发于《肯庸评论》）

在 异 乡

这不是我们的山脉。杂草中废弃的雪佛兰之外,
升起参差不齐的山峰,透过烟雾依稀可见。
我们可曾想过,风景会因为我们而一成不变?

三齿蒿、羽扇豆、黄色香根草,还有那些
棘手的天竺葵的紫色小喇叭。五瓣的山金车
能治疗流血的伤口。这是灰熊的领地。

"要用常识,"导游建议。那么
那些雷雨云砧呢,耸立在天空的泰姬陵中?
白杨因谵妄而战栗,赤杨在芭蕾舞团的伴舞队中嗖
　　嗖作声,

但整个山坡正在濒临一场棕色的死亡,
一场树皮甲虫的盛宴。我们走了很长的路
在这块岩架上保持平衡,

沿着小径拖着沉重的步子,尽量不去直视
大角羊的眼睛。多年以来
我们已经学会了携手共进,但现在我掌中

握着三十五亿年的时间,一块
蓝藻化石,最早制造氧气

让我们呼吸的细胞。你消失在

峭壁后。每片唐棣树叶都是一团猩红的火焰，
一根刚划着的火柴。灰烬
从爱达荷州飘来。太平洋伸出一只脚

将这些高耸入云的山脉踢开
现在，冰斗用门牙紧紧咬住
脏兮兮破烂的桌布，那曾是

一座冰川。生来的天涯孤旅，我们坚守着
我们的疏离，张大嘴巴，看着山的喉咙
呛咳作呕，吐出又一个冰块
轰然落入湖中，一碗翠绿色的胆汁。

（首发于《耶鲁评论》）

心　经

如果我们拖着行李穿过涩谷车站，
被数百个出口和交错的铁路线弄得不知所措，然后
挤过人群——遵循佛法？——穿过人群

为涩谷十字路口十个方向的车流而犹豫不决，那并不是
我们在寻找神灵。四十层楼高的霓虹灯频闪
也没有击起一丝神圣的火花。

第二天，我独自开始了
轻率的远足，追寻四圣谛
先后乘坐两趟复杂的地铁，来到一条

灰暗、破旧、毫不优雅的长街。
"色即是空，空即是色"，但不是在这里，
我拐入一条小巷，偶然闯入一片

丛林般的寺庙和神社。石阶
邀请我攀登；青铜的巨钟
敲响江户的时辰；守护的恶魔们保留了那个时代。

欲界。和服飘过，
一座猩红的宝塔拔地而起，
受到雷神和风神的保护，一片

香火的积雨云。在旁边的摊位上，一百日元
就能买到你小小的幸运签：保佑你
生意兴隆、爱情美满、早生贵子、金榜题名。

多少个轮回转世才能买到
这些摊位里出售的所有的米饼、糖果、小饰品
草鞋和豆沙包？而在一旁的松树间，

慈悲和智慧的诸佛耽于沉思。
他们包容一切。沿街而行，
距市场一步之遥，穿过一扇隐蔽的

花园大门，一切突然静下来，一座喷泉
在常青树荫下滴落，那里，一男一女，各自孤独
垂着他们的头。我飞越了半个地球

为了发现这个"无"字：
无眼无耳无鼻无舌无心，
无欲则无苦

亦无欲之终结，可是相反，
回到街上，
我狠狠咬了一口黏黏的、涌流着的红豆馅豆沙包。

品尝到某人的神灵，即便不是我的。

（首发于《普罗温斯敦艺术》）

后见之明

我曾见过恶魔,每一个
都在围巾的飓风中摇摆不定——

它们是外来的,雕的和画的,守护着
一座寺庙。我是否应该

请回家一位,带着昆虫的眼睛
和他的獠牙? 但这不是我们

应该有的对话,你和我:
让我们回到我们早期的信件。

看看墨水是如何从"I"这个大写字母里
喷出来的? 看看颤抖的

模糊的"Y-O-U"? 每一个墨点都是一个茧,
里面有一个恶魔幼虫在生长

打盹,消磨着它的时间。
它们在牛皮纸文件夹里能活上几十年。

该物种是本土物种,内因性的。
它们分泌

毒液。但一旦暖和过来,挣脱了,
释放到空气中,它们

就会升起,每只新绞纱成的翅膀击打出祖母绿的
　微芒,
石英的闪光——
我本可以

把你看得更清楚,我
到现在才明白。

(首发于《羽毛》)

太阳鱼解经

首先是铁锹切入肥沃的土地，泥土
被满意地抛在草上：我用手指拨弄
把赤裸的蚯蚓拽出来。七岁时我学会了折磨
我把鱼钩扎进痉挛的肉体
然后扔进溪流。我学会了杀戮——

"如果你渴望世界持久，就不能有
绝对的正义"——我拖着太阳鱼
穿过明亮的空气，用钝刀
砍下它的头，剖开窄小的肚子，
掏出内脏——我不是这时才学会了这些——

"如果你渴望"：手指上沾着血，我在草上
擦拭刀刃，尸体在锅里滋滋作响，
我的骄傲和饥饿也在滋滋作响，我吃鱼——
"绝对的正义，世界就无法持久。"
"飞白"，一种经典的中国书法笔触

一个幽灵般的人影，没有沾染上
墨水。我仍在吃鱼。观察芙蓉，

它那起皱的白纸般的碟形卫星天线
接收着来自某个圣域的耳语信息
那里的文字不是用鲜血塑造的。

（首发于《羽毛》）

而且，直到行动——

内耳的响板，蟋蟀的音乐会
为狂热的海神们而奏响，当橄榄树

行屈膝礼。那些神灵
丝毫不在意性的羞耻。高潮中的

面孔：悲剧和
喜剧面具上布满泡沫。

需要牺牲。那少女将从全速奔腾的
战马背上被抛下，扭曲着躺在沙滩上

只有蹄印围绕着海岸。
我们在海滨稍事休息，然后起身抖落头发上的云母。

多年后，海浪仍在内耳中沸腾。
众神留下痕迹。

我们满身伤痕，但依然坚持不懈。
多年后，当那张脸再次惊现

我们不会认出
我们曾经以为的美。

（首发于《羽毛》）

第二辑

《以此类推》(2020)

沙龙舞的照片

这些女郎会永远存在,灵缇一样摆姿势,

被困在相框的银色外壳里。

你根本分不清谁是谁,品种太纯了。

她们永远不会逃跑。每个人都驾驭着

一头白色花边的冰冻涌浪

类似于婚姻,类似于命运。

我记得七月的阳光倾泻而下

多刺的草地上,一条花纹蛇的皮

像仙女的内衣铺挂在一面石墙上。

这里是康涅狄格,应该有一面石墙。

蟋蟀在刮白昼的骨髓。

我很年轻;我独处了几个星期。

我早上和下午都在画草地

试图用画笔捕捉噼里啪啦的声音。

我在读《俄狄浦斯王》

我既不懂蛇皮,也不懂戏剧。

"你的一生是一个漫漫长夜。"俄狄浦斯

对先知说——俄狄浦斯什么都看不见。

橡树在干旱中沙沙作响。藏红花丛

小动物们轻捷跑动。后来有一天

我对自己说:"我宁愿睡觉。"

小行星在我的舌头上尝起来又干又苦。

两天后我醒了。独自在吱吱作响的谷仓里

在黄昏,不知道是何年,何月,何日,
但能感受到沿轨道滚动的地球的拖力。
"你的命运并没有授意我毁了你。"
先知说。我移动手臂,
移动双腿,我松开手,
晕眩地从床上站起来。要来的
总会在合适的时候来
在相框之外。月亮正在升起
小山上方,一阵害羞的风在集聚力量,
树木,它们黑色的剪影,手连在一起。

架 子 上

小摆设中间有一个骷髅头：
尘归尘，土归土，一切都平等了
在一袭灰纱遮盖的架子上。
在那个腔洞里
曾有一种思想。我已忘记
我一生的全部时光。那些眼窝里，
曾经有惊奇和恐惧。在土耳其的田野
你把它捡起来。一个小脑袋。
一个孩子，一个青年。谁知道
他或她，是怎么死的。虽然可以
想象，是的，可怕的想象，然后
忘记。最好看看肯尼亚的小雕像
一个头上顶着罐子的女人，
日本的皂石鸽子，或是扭曲的浮木。
为什么要去寻找悲伤。然而，
我们观察，我们狩猎：你探察
煮熟的鲭鱼头，寻找每一点
零星的营养：脑子，小眼睛的
白色高尔夫球，下巴上的脂肪条
每咬一口都是一种预兆。我不想
回忆我曾经造成了多少痛苦
几个世纪的战争，储存在我们的头盖骨里。
但那只蜷缩在架子上的头骨里，
没有回音，没有祈祷。只有空气。空气的遗迹。

老 鼠

仿佛你是从我的棺材里出来的——仿佛
我的心就是你的棺材——昨天
你在针筒、医用床单蓝宝石镶面的光中
出现,将有毒的尼亚加拉雾霭
画成了一种光滑的永恒。
我再次感受到你压在我身上的重量
在我们伪童年的那个曼哈顿之夜。
你毫无爱意地在我身上移动,几乎是愤怒的——
我几乎允许自己明白那愤怒——
当我们躺在借来的地板上,试图造出
可以被称作爱的东西。你打破了
每一个咒语。普鲁斯特发现爱的方式
是观察老鼠们的尖声长叫,当帽针探测
它们的重要器官。我是个迟钝的学生,
我的学习无言而盲目,并逐渐趋向
我自己的毁灭。白鼠们惊慌奔逃
穿过你的药瓶和血液组成的风景,
砍倒的树和遭到残杀的阿迪朗达克山的鹿群
而我梦见将所有的书从我的书架上打翻
为了在突破书页而迸发的光芒中
我可以看见,而非抱住,你破碎的脸。

医院的椅子

我口袋里带着一个哨子,以防受到攻击

在笔记本的最后,"政治"一栏,只有空白

我的母亲从中走过,几乎失明,拿着姜饼,

苹果,还有给孩子们的毛绒熊

她的微笑少女一般脆弱,愤怒升华了

还有疼痛,我催她上地铁时她摔倒了,伤到了腿骨

还有她姐姐死时她的哀号,像一头郊狼

爪子夹在陷阱里——灵魂粉碎,非人

谁的愤怒? 我想是我自己的,尽管是她

咒骂跪着擦浴盆边擦边哭的英国女孩

是她把客人赶下餐桌

是她,那个和姐姐挤在雪堆下

从乡村学校回家的路上遇到暴风雪的孩子

那个被遗弃在法国修道院

吃猪油,差点死于百日咳的孩子

在她死后几个月

她出现在我面前

在梦中

不再因肺气肿而喘息,不再失明

穿着绿松石色的丝绸连衣裙,大步走过远处的草坪

(不断向后漂移的草坪)

那晚在医院,当我在一张狭窄的椅子上半睡半醒

在我年幼孩子的床边
她来告诉我
凯瑟琳不会死

东北走廊

结疤累累的橡树传道者,沼泽,游船码头,
煤渣,破床垫,我任由自己沿着轨道
从一个城市被遣送到另一个城市。
玫瑰色水面的污渍,声音在那里回忆着太阳,
芦苇在镀银的泥塘里书写象形文字。
一艘荒废的驳船,半沉,在淤泥中弓着背。
链式围栏,昏暗的工厂,河岸上散乱的垃圾——
我的祖国,我的乡野,自暴自弃
当暮光被每一扇破烂的窗户捉住。
这些游艇被包裹严实,准备冬眠。
我正在远离我的爱。"这就是
在两手空空的情况下握剑的秘诀。"
恶魔如此训诫。我拿着一把剑吗?
我张开双手,触摸着飞驰列车的车窗,
我的心被撕开,现在完全成了窗户。
树枝撕破了卷云的薄纱,黄昏
汹涌而出。斑点狗点缀的森林,
雪片和树叶旋转而过,木桩
像坏牙一样从泥滩上戳出来,
珍珠灰天空的和服披在长岛海峡上。
地平线模糊不清。我们已经离开
木瓦铺顶的房屋,人行道,尖桩栅栏都模糊了
在我们儿时许下诺言的僻静之地。
我们签下自己的名字,但用的是隐形墨水。

抛　掷①

"你将我们的罪投于深海"

我们需要流水，但是我们有罪

我们背负着罪，但是我们需要面包，我们

找到了面包，带着陈腐的小面包块

来到河边，河像它应有的那样流淌着

河水被风一次又一次地捆打着脸

来自高耸浪峰的光芒开始眨眼

像起皱的波浪中的箔纸，长堤

切入水流，多么辉煌的罪

在受罚的波涛中摇晃，高耸的罪

更加明亮地闪耀，你有什么罪，你不会

说，我也不会问，那些破烂长堤上的桩子

指向不怎么靛蓝的黄昏，当汽车

沿着西岸单调的高架公路轰鸣而过

飞机带着更高级的罪飞得更高

这是怎么回事，这究竟是怎么发生的

我竟粉碎了某人的心，这可不像把面包

抛入溪流，抛面包怎么能解决问题

那颗心并未陈腐，它不是

一个肿块，不再像一只受伤的鸽子

---

① 标题为希伯来语 Tashlich，参见《圣经·弥迦书》7：19，"必再怜悯我们，
将我们的罪孽踏在脚下，又将我们的一切罪投于深海"。

胡乱扑腾,仿佛我用脚后跟践踏了它的胸
而现在,各种借口的合唱变成了平淡的歌曲
你抛出你的面包,我胸前的栏杆冰冷,
你的面包在波浪中颤抖和摇晃
我抓住我的面包,他们说的罪是什么意思
我抓住我的问题,黑夜迅速降临
在新泽西,在不安的流水之上
河流奔向大海的冲力
与海潮恳求逆流而上的矛盾
被风加剧,它把海水聚成一堆
把深渊储藏在仓库里,于是
我举起手,在黑暗中我松开手指,
任由又一种悲伤,又一个问题
坠入这突如其来、潮湿又无名的夜晚

钻 石

午夜,珠宝店的人体模特们伸出赤裸的脖子——
没有头,没有躯干,只有颈骨和上胸部的波浪线
和形似乳房的略微隆起——
在寒冷的街灯下,现在它们已经
纯洁无瑕,没有了让人分心的钻石
或是那些小小的污染了的藻类翡翠池
它们翱翔,爱是一个定理
而我们证明的不是我们
为之付出的代价,尽管自动取款机
不断吐出钞票,像是咯吱咯吱的鼠牙
在你拍摄的那些照片中
大腿在洞口处的灌木丛前刻画出完美的弧线
而肌肉却暧昧地起了褶皱,如果有一位神
在我们迷失时碰触我们
他也只是最短暂的闪光灯,影像无法持久
我在你的臂弯中盲目地闪耀,
你在你的电化学的光中盲目地呼喊
我们在空气中留下烙印
早晨拖着我们,带着皱巴巴的眼睑,
腹部的褶皱,和扩大的毛孔
我们小心翼翼地测试自己的重量,脚踏在地板上
在这旋转的地壳上小心翼翼地保持着平衡

母亲和孩子

用蓝格子布包裹的一篮烤饼,
倾斜的地板,黄铜床架,蕾丝窗帘
让邻近满是木瓦的十九世纪景象变得柔和——
我们为古雅买单。海,三条街远,
像一条病人蹬掉的巨大的被子:
退潮了。我们转身离开哼哼叽叽的沙丘
回到精品店,不可思议的女用内衣,
皮制索套,手铐,鞭子和纸玫瑰。
咖啡馆供应浓缩咖啡和葡萄牙汤。
风锯着烟囱,雨夹雪扫射着窗户。
我在你睡着时画你,你受伤的德拉·罗比亚①平
    静了,
可是太迟了,一个母亲已无法阻止你进一步受伤。
第二天早上你画我读书:你的铅笔探索
我眼睛周围的裂缝,嘴角的沟壑,
对一座后退冰川的地质调查——
我们以不同的速度死去,在不同的光线下
在橡木和印花布装饰的暂时的环境中。
我去结账时,你消失了——去抽烟,
去呼吸——然后出现在山上三个砖砌的街区

---

① 卢卡·德拉·罗比亚(Luca della Robbia,1399/1400—1482),佛罗伦萨
意大利文艺复兴时期的雕塑家,以其色彩缤纷的锡釉陶俑雕像而闻名。

与一个瘦高的陌生人谈论

他的疾病,他六个月后结束生命的计划。

一朵充满烟灰的云正在消散。你说"祝你好运"

　　了吗?

我们被困在车里,转过身,暂时

背对着那片大陆的边缘。

岬 角

我长长的影子踱步,吱吱叫的海鸥
拖着黄昏,把它在湖边卷起来。
海浪不断抛出它们的政治论点。
解决了:你不在这里。
解决了:风吹着白杨的叶子,
整个一大团翻滚着冲向漏雨的天空
飞向几乎看不见的地平线。
什么都没有解决。
这些树是业余演员,它们的手势过于夸张。
阻挡着,坚持着,防波堤的混凝土块
散布在海岸上……不要让那浩瀚的
毁灭,在内海中咆哮。
市政垃圾筒守护着当天的遗迹,
小小的青铜饮水器是干的。
你不在这里,是不是迥异于
我们坐在一起,或是散步时,
我或你的心不在焉,沉浸在各自的天气里?
需要纪律,保持这些路径的整洁。
黑夜会附身把地图抹去。

优美的风景

医生办公室的海报建议你去
伊甸园：静脉曲张的牡丹倾斜在
天青石的池塘之上。
繁花迷人,性感,微醺
像上了年纪的交际花。我们
不要认真对待不锈钢。
技术人员低声念咒。
我服从这些祭司,按指示脱去衣服。
在内部的圣所,超声波显示
黑白星系在我的胸中旋转,
星流,茫然的行星,到处都有松散的彗星。
当高级女祭司挥动她的魔杖
夜空像大西洋的波涛一样起伏。
我一定是在不知不觉中说对了祈祷词：
危险的星群已经退去。
诸神似乎又给了我几年时间,
我又能和你一起沿着湖边散步
那里,昏暗的波浪在防波堤上颤抖
堆积的脏冰开始融化
摇摇欲坠的石墙栏杆
保持着它那轻浮又文雅的风度。
我们称之为安全。在这里,我们可以漫步,
在这里,我们可以停下来眺望深渊。

湖上风暴

为了动脉的一次跳动,我相信
女神主宰一切,她不是我们的朋友。
她的云纱落下,她已登基加冕。
她银色的网眼地毯在水面上抖动
她的狮群攒动,砰砰作响
对着石头嘶嘘,泡沫的爪子闪亮。
没有墙能挡住它们。我们还没有
准备好祭品,或是开口说话。
我的月影随我踱步回家,吻我道晚安。

纸 板 盒

从盒子里,从她的蓝色信纸上

蓝墨水的尺蠖笔迹中,高高飞起

缅因州一座岛上柔软如羽的松树,银光

抚摸着松针地毯,那里有一个老妇人

正在检查一株肉食性猪笼草

它肉质的、吞咽的舌头和沟槽

一只苍蝇卡在食道里;

从盒子里升起了

《基督教史》,出于耶鲁

一位圣公会院长的手笔

穿过他的段落,十字军

在奇迹般绵延的喜讯中进军

宗教改革所革新的一个真理

终于在纽黑文被提炼成一个光环

在发霉的书页上吐出灰尘,一阵阵兴奋的微喘;

从盒子里,我曾祖父

年轻时的诗依然在呼吸

1880 年他在旧金山为"更美丽的塞拉"而憔悴,

抱怨自己的心"燃烧着错误"

在他"梦中悸动的激流"中,像河水流淌着锈红色

来自矿山和皮革捆绑的裂缝与碎片

在这硬纸板的陵墓里

在我祖母的针线盒上,收藏的纽扣,

绣线轴,和十五个不同的

有雕刻、镶嵌或天鹅绒软垫的盒子,各自藏匿着

一个遗物——珊瑚项链、鞋带、顶针、法国邮票——

我的幻影,我能献给你们的

只有我的错误:几粒大麦,一碟蜂蜜

在这陵墓的入口处。

月　食

我们去寻找月食
在中曼哈顿,我们转身
塔楼的剪影
让我们晕眩,以为月亮
已被巨大的墙壁吞噬。只是
在我们回家的时候,她才出现:
锈迹斑斑,有一丝月经的红色,
半掩于她自己的幽灵之血。
就像夏日小屋的屏风玄关墙上
钉着的诗稿。经过一个冬天的雪,
和风吹雨打之后,它们羞涩地
交付了自己:墨水变淡,字母
抽空了意义,在幻影般的字迹中
荷尔德林依然在低语:上帝近了
难以把握
但在危险加剧之处,
救赎也在增长……
可我们对救赎又知道些什么呢?

仿　佛

巨大、肮脏的河流用肩推挤着
向港口靠近。我站在喧嚣的天空下。
风撕扯着遮阳篷、塑料袋、报纸
把新闻旋转着吹过灯芯绒的水面。
我本想去看艺术，但计划流产了。
一个站在门口的吉他手低着头
将他的歌谣刮擦着送入风的
疼痛的喉咙。雨光打亮了吉他琴弦
奏出自己的曲调，这座城市需要这样一场风暴。
"你有权选择你的行为，
但永远无权选择你行为的后果，"克里希纳
在我读的一本书中说，连同关于欲望和空虚的
诸如此类的说法。我想要什么，
为什么我如此渴望？并不是空虚，
而是一个自我，像雨一样斜斜地
击打着篱笆，和被截肢的梧桐树。
那天早上，裸露地摆在商店的大理石板上，
一颗鱼心的红色旋钮保持着搏动
这被屠宰的半拉生灵——没有鳃，
没有头，没有鳍，没有内脏，没有尾巴——
只有扁平的半拉身体和脊柱
以及在自己顽固的节奏中打着嗝
抖动着的心脏。仿佛，它似乎要说，
仿佛，你这白痴，你原本能够自由。

涂 鸦

《小猫突击队》和《高盛老鼠》——呸！①
那个蓝色脚手架支撑着天空。我们以为
要把谁锁在里面，或是外面？给我那巨大的
无人能懂的盘绕的黑色字迹，一个秘密的象形文字，
就在有人打碎窗户的地方，耶稣
"道路真理生命"和一个凹陷的铝制框架。
我们知道，他弯身，在地上写了一些难以辨认的东西。
一头黑白龅牙恐龙张开大嘴。我喜欢
这堵怪兽之墙的裂缝，天际线颠倒了，食人魔们
像管道清洁工一样用爪子拨弄铁轨。
沿着皇后区那条半废弃的长街
书法向商店陈列疾驰而去，
如同吉他弦，七根不同的铁杆
装在门上。墙上的洞，玫瑰形音孔，
肋状发声板——总是从裂缝和罅隙
曲调挣扎而出，仿佛火车隆隆驶过
有大梁的立交桥，汽笛哀号，一个孤独的男人
漫步经过正努力伸出叶子的被截肢的金合欢。

---

① 《小猫突击队》(*Kitty Kommando*)是一部网络漫画，讲述了四只猫保护宇宙免受古老邪恶侵害的故事。《高盛老鼠》(*Goldman Rats*)，一位神秘艺术家在纽约市张贴的攻击高盛集团和希拉里·克林顿的漫画。

犹太新年①

这不是比赛,你把父亲的羊角从天鹅绒盒子里
拿到走道上的样子,就像风驱动扇贝形的浪峰
沿东河逆流而上,就像雨水拍打着高窗,把水洼
溅到人行道对面。不只是你的呼吸充满了
你的肺部,挤压出漂浮的哀号,像车流
沿罗斯福大道涌入液态珍珠和红宝石的光芒。
一股始祖们和父亲的父亲的父亲的气息
穿透你,断断续续吹过参差起伏的波涛
黑夜舔舐你,但你依然在吹奏。为明天练习
意味着让往昔汹涌而过。你合上
眼睛,将嘴唇紧贴在扭曲的羊角上,
波兰和俄罗斯在昆士堡大桥下呜咽
三声短鸣,和一场漫长的倾盆大雨召唤着灵魂。
你的头发如海藻闪闪发光,你的眼镜淌水。
生命之书将要打开。这将是新的一年。我们尝过
它的新奇。我们浑身湿透,黑暗,孤独,渺小。

---

① 犹太新年(Rosh Hashanah),《利未记》23:23—25 规定的至高圣日,定于
逾越节后的第 163 天,发生在北半球的夏末秋初,标志着犹太教公历年
的开始,它是宇宙的诞辰,亚当和夏娃被造的日子,习俗包括按《摩西五
经》的规定吹响羊角等。

七 月

在公寓楼的峭壁下,在一片狭窄的

旧地毯一样粗糙褪色的草坪上,

他们停好摩托车,分散开来,

这些青年男女,有的在草坪上闲逛,

有的躺在水泥路面的一道阴影下,

有的坐在两张相对的栽在混凝土中的铁制长椅上。

远离成年人的视线,他们打牌,他们争吵,

一个女孩把头放在一个男孩的膝盖上练习接吻,

他们抽烟,他们来回递烟,一个更小的男孩

热昏了一般,把足球缓慢地斜着踢向墙壁。

时间流逝。香烟燃尽。足球闷响,影子拉长

穿过四棵柏树和六棵纤细的银杏,投射到混凝土上

白昼无尽,夏日无尽,他们的喉咙甜蜜地灼烧。

他们喝着可乐,把塑料瓶抛在草地上。

此地暂时属于他们。他们可以随便扔东西,

他们燃烧的肺属于他们自己,他们的四肢

在休憩的舞者松弛的和谐中摇摆。

如果有必要,他们可以随时振作起来。

居无定所

云朵如巨石。巨石
如石化的云朵，滚落下来
停滞在草地上——那是
昨天。现在我们在向心式公寓里
两瓶牡丹正在变老
粉色和奶油色的花瓣
皱缩成薄纱。镜子使岁月
倍增：我看见你看着我
在桌子旁镶金的椭圆镜中，我看到我们俩
在窗户里，映在衣柜门的玻璃上。
我的眼角皱起。深巧克力色的斑点
布满所有书籍的内脊——
文字是毒品，爱也是毒品——而欧洲
缩成酒红色的室内装饰和靠垫。
在法英词典深处，三个星号
标记着极度粗俗。我们
能在这里逗留多久？外面，
新的无家可归者甩动骇人的长发绺
遛着他们的獒犬。他们的前臂上
文身凸起，包装纸袋
和压扁的罐头盒堵塞了排水沟。
阳光在屋瓦上跳跃。一阵凉爽的
海风。群山中，那些有荚果和卷须的
紫色小花（你现在告诉我）是野豌豆。

力士参孙，1674

致约翰·弥尔顿

他们的剧院鸡鸣犬吠，他们的马车
堵塞了街道：帽徽，火炬，仆人
争先恐后。非利士人的心
欢快十足，他们在列柱和飞檐上
涂抹金色。神庙中弥漫着
脂肪燃烧的气味。最优等的姑娘们
炫耀着眼影环绕的明眸和闪闪发光的大腿。
让穷人爬进阴影：他们令人不悦。
监狱里人满为患。而一个老人
坐在门口，穿着宽松的灰色外套
让阳光的手掌落在他盲目的眼睛上。
他见得太多了。王国倾覆，
天空坍塌，偶像塞满了圣所。
让疯狂的巡游队伍过去。
有一种失败近乎胜利。
有一座神庙只在心灵中蠹立
另一座却即将被拆除
在梦中，双臂环绕巨大的柱子
将屋顶拖拽，粉碎在饕餮贵族们的头上。
不是凭他的臂膀，不是凭他痛风的手，
而是灰烬中沉睡的凤凰的火花。

2018 年 7 月 4 日

一层闷热的棉被笼罩着树林,
山,摇摇欲坠的房子。凌晨四点
月光给窗框镀银。"警察国家,警察国家",
梦一边宣称,一边绞拧着潮湿的床单。
黎明渗进月亮草地,鸟群
在哨声和花腔中爆炸。
梦醒了,结结巴巴,"营地,
孩子们在营地,"天空变成粉状的白。
依然闷热,闷烧,闷住了每一个词语,
在法律闷在一个镉黄色的日子里。
我们移动得有多慢。我们的思想渗出得有多慢。
孩子们被深藏在热的皱褶里。
梦返回了睡眠。还有树木,
气喘吁吁,手势模糊,
疲惫的妇女们穿着笨重的睡衣袖子。

关　键

就像在死囚牢里玩多米诺骨牌一样

这些黑色小矩形组成了一个十字

在监狱走廊的地板上

圆点像星星一样闪烁

而走廊在无情的荧光中

驶向一个消失点

被相机捕捉成大块的黑暗：

这岂不是就像触摸一个尚未结束的

句子的结尾吗？让这些点连起来，推迟：

如果不被信服，我们就会

被定罪：让这个游戏

继续，图案里可能隐藏着证据

犯罪并不是我们想的那样。

结局终将出现，但在不同的情节中。

贤德妇人传奇

1. 死亡的凯旋

致玛丽·西德尼,彭布罗克伯爵夫人①

你戴着花边皱领,像一片巨大的

雪花或者是一张蛛网

洒着晶莹的露水。你抓住了什么诗人

在你的对称中,在你威尔顿别墅的长桌旁

什么样的智者(斯宾塞,

福尔克·格雷维尔②,德莱顿)投身于

烤乳猪,炖苹果,鲤鱼。

如果你搅醒了上帝,祂

会把你吓得呆若木鸡,夫人——

"上帝啊,你为什么这样

拒绝我们,摒弃我们?"——穿过

威尔顿别墅的高窗,沸腾着

战争的传闻,菲利普化脓的大腿,

低地的死亡,谬误之母,

---

① 玛丽·西德尼(Mary Sidney,1561—1621),伊丽莎白时代著名的文学赞助人和翻译家,其兄长为诗人与政治家菲利普·西德尼(Philip Sidney,1554—1586)。她在兄长负伤去世后负责其作品的整理和出版,在塑造西德尼的文化形象方面发挥了关键作用。
② 富尔克·格雷维尔(Fulke Greville,1554—1628),伊丽莎白时代的诗人、戏剧家和政治家。

纷争之女在各城游荡;你依然
用语法料理家务,给赞美诗加盐
以便长久保存。"像风中的烟,
火中的蜡一样耗尽"
不义消散了。你的诗节
却得以存留,依然刺痛着人的口舌。
黎明时分,你跪在石头上,
再次呼唤冷漠的上帝,相信
祂会回答你的祈祷。
你调配药物,用隐形墨水
书写诗章。但是时间
胜过了声名,也胜过了死亡
时间掌管着贞洁和爱——留下了
永恒,掌管一切,你这大师写道。
就像你的蕾丝一样,你的诗句
光辉闪耀,不是苍白,"而是洁白,
而且更其纯净洁白
胜过落在无风之山的雪片,
因为一个人的劳作是为了消除诱惑"
把我们也翻译过来,粗糙的一行行,
植入你水晶般
严谨的设计

2. 罗丹的指令

(格温·约翰和他的助手希尔达·弗洛丁做爱给罗
丹看)

58

你什么时候会迫于他人的意愿

做出这种不可思议之事,

如同牡丹花瓣奋拉下来

畏缩,整个花朵起皱

歪向一边,任凭手指

把它逗弄——我们可以把这个称作

形式的丧失,一种

天鹅绒的颤抖

听从他的指示

和希尔达躺在一起,离开自己的

身体,真的,是谁的四肢

交缠在一起

是谁的抽搐战栗

一直传到僵硬的脚趾?

那是他的笔刷

挥出弧线,他的水彩画

愉悦着这些可折叠的

花朵。画纸滴答淌水,

小小的火焰

在煤炉里发抖。花束

松垂。他最大的礼物将会是

一劳永逸地证明,人类的

渴望,并非如此。

3. 不是缪斯的缪斯

(格温·约翰,画家,罗丹的模特)

朱砂,腓尼基红,野生

天竺葵——对抗

橄榄和烟灰色的酸橙,

水银的光泽:水银的

灵魂,在空荡的房间

最为可见。有谁见过

柳条扶手椅像达那厄①一样

向着柑橘的瀑布打开

光? 谁的外套穿过画框

被扔在地上? 巴黎的阁楼

窗户半开,光秃秃的

地板噼啪作响,书

脊柱扭曲地躺着,

展开。"我不假装

很了解人:对我来说

人就像是影子

我就是影子。"她的工作:数年

在一个空荡的房间里,等待。

女人在等待,大师无缘无故地

打破了他的云盖,

于是她扭曲着脊椎

站立,张开腿,在石膏中

升起,一个不朽的

无臂缪斯转身背对

---

① 达那厄(Danaë),阿耳戈斯王阿克里西俄斯之女,宙斯化作金雨与之结
合,生育了珀尔修斯。

那转身背对她的他。

"哦多么不安：永恒的

告别？"生赭色，

佩恩灰①，那不勒斯黄：她在旋转

她的色轮，抓住

她的画刷。不是告别

而是在大师不断幻灭的拥抱中

扭动，为他摆姿势，

恳求，然后独自度过

漫长、狂热、暗淡的时光。

"创造你自己的和谐，创造

你自己的和谐。"她的画刷

她的所有。而当这神明筋疲力尽，死去，

她已经掌控了

她的空虚：

被夕阳染成橙红，灰蓝，

"方法：地球上的雪花莲——

那条路——粉色的花——"

"我们必须继续我们神秘的工作。"

4. 香 奈 儿

一件衣服应该是合乎逻辑的。

——可可·香奈儿

---

① 佩恩灰（Payne's gray），深灰蓝色，由水彩画家威廉·佩恩（William Payne）在 18 世纪后期发明，以他的名字命名。

是的,香水是我做的,是的

我是个孤儿,给我把烟点着

就这样,完美的轮廓凹雕在空中

现在把褶边放下来,现在我们

砍掉衣领,一旦有个男人进来

总得让他付出代价,总是

一个迷路的王子在赌场关门前游荡

这个世纪正在倾覆,我擅长斯芬克斯式

优雅摒弃了,我摒弃了

奶汁、废物、眼泪、子宫,我

还记得那些猪油色的孤儿院大厅吗

不,我拒绝将一个乌木屏风

放在车祸残骸和你的世界大战前面

我的"风流社会",用了 128 种原料

我们活在一个没有内里的时代

他的血被皱巴巴的汽车涂抹在路面上

鲍伊·卡佩尔①,我唯一的男人

装饰让位给了线条

和运动的便利,一种布加迪②资质

财富决定灾难的比例

如果对方是一个德国军官

那对袖子的垂度有什么影响

我嘴边上竖着一圈针

---

① 鲍伊·卡佩尔(Arthur Edward Capel,1881—1919),被称为 Boy Capel,英国马球运动员,香奈儿的情人和缪斯。1919 年 12 月 22 日,卡佩尔在一场车祸中丧生,据称是在前往与香奈儿的圣诞节约会途中。
② 布加迪,著名汽车品牌,1909 年意大利人埃托尔·布加迪(Ettore Bugatti)在法国创建布加迪公司,专门生产运动跑车和高级豪华轿车。

跪在地上,这不是

崇拜,这是复仇

5. 一种方式

这件事的全部诀窍……就是摆脱你自己的光芒。

——玛丽安娜·菲斯福尔①

她说她唱歌时离麦克风很近

为了改变空间。我改变了空间

黄昏时分,穿着紧身牛仔裤大步走在拉斯帕尔大道

直到一位阿尔及利亚工程师从我后口袋拿走了那

　　支笔。

就好像你在我的脑海里听到了那首歌。

他来自沙漠,我来自

绿色的郊区。我们对彼此

一无所知,喝着金属般闪烁的红酒。

我在扮演女孩。他在扮演

男人。几个情节正在进行中

不点火。其中一个涉及我那件暴露的黑衬衫

和浅色头发,他的宽肩膀

和在石油钻井平台熬了数月之后的饥渴。

另一个情节难以言传。阿波里奈

被琼的闷燃的七弦琴烧伤了手指

---

① 玛丽安娜·菲斯福尔(Marianne Faithfull,1946—),英国摇滚歌手,20 世
纪 60 年代凭借热门单曲《当泪水流过》而走红。

但是我的钢笔丢了。工程师

只阅读施工手册。他的房间

昏暗狭窄，不，

故事没有这样发展，尽管有很多方法自暴自弃。

一位歌手做到了，她靠一堵破墙谋生

直到撕裂了自己的嗓音，但她仍然献上每首歌，

她说，就像一件阿巴拉契亚的历史文物。

就像河岸上的垃圾磨损着码头

一些塑料瓶，一件破衬衫，若干破碎的玩偶

从中穿过的水流欢快地笑出亲切的曲调。

6. 赋格曲，大键琴

致西尔维娅·马洛①

小溪从她的左手

逃逸，雨水从她的右手逃逸

打皱了水面，一滴一滴，水流

在下降的眩晕中倾斜，直到

击中瀑布，搅动嫩树枝

和树叶，把泡沫砸碎在石头上；

漩涡从她的指间

滑落，冒出气泡，赋格曲

上升，抵抗自己，抵抗自己的

---

① 西尔维娅·马洛（Sylvia Marlowe，1908—1981），美国有史以来最优秀的
大键琴演奏家之一。

坠落：在花饰中偏离主题

在荫蔽的堤岸下，围绕纠结的树根
与河狸啃过的枝丫。她有一张
梭子鱼的脸，突出的下巴，银色的
眼睛，纯本能。形式
自我实现
通过媚居，她的皮肤
因带状疱疹而斑驳，双手弯曲，一种
我曾逃离的痛苦。现在
那温和的骚动
把我的节奏转移进了她的节奏。
远远超越了她的垂死，我的
耳鸣，我依旧
在嘈杂的声音中
努力倾听。

路易十四

——谁将镇压异端,谁曾

镇压异端,谁践踏了新教徒

和所有与新教徒的协议,谁

毁坏其教堂,摧毁其城墙

把他们的尸体抛出墓地,

谁在康斯坦茨塔中把他们的妇女

监禁了四十年,谁夯出了一条运河

从大西洋通到地中海,谁停了下来

什么都不做,谁将奥克语①的痕迹

从南方诸语言中全部抹去

在咸风中驱散纯洁派②教徒的幽灵,

你依然骑着你的青铜大马,依然

在自己王国的大门上装饰纹章,

以什么代价,啊,国王,以什么代价,

你要怎样把我们纯化?

---

① 奥克语(Langue d'Oc),中世纪法国南部的一种方言,现代的普罗旺斯语。
② 纯洁派(Cathar),中世纪基督教派别,受摩尼教影响,兴盛于 12 世纪与 13 世纪的西欧,主要分布在法国南部。由于该教派于 1145 年传入法国南部的阿尔比城,因此又称阿尔比派。

海 岸

（2016 年 1 月，土耳其海滨）

不是石头，石头中间，
海滩上满是被海水磨平的旧汽车，
肾脏大小，脑袋大小，箱子大小，还有一些
小到可以放在人的
手掌里。海水在衰退的边缘
起了皱纹。每一块石头
紧抱着一个影子双胞胎。此刻
波浪温柔，舔着石头。泡沫
耀眼。古老的，属于海盗的
大海。不是石头，僵硬
扭曲的手指，皱巴巴的夹克，
赤裸的小脚，条纹针织帽
遮住了我们
看不见，也不想
看的脸。

展览会开幕日

火山爆发的幸存者,交叉阴影线的,

烧焦的,切割的——卢尔①的陶瓷

双耳罐排列在过道上,保护我们

(不受什么伤害? 它们被称作"守护者")。

涂快银,烧赭,天蓝色,灰烬,

他的罐子隐约出现。一只巨大的无花果黄蜂,

在等待受孕:她的乳房突然鼓胀起来。

我们从火中翻滚出来:大地在创造,

在焚化,我们是泥巴,烧焦的泥

每个人都留下了印记:就像那些孩子,

被推着穿过展览会开幕日,每个人

都配有一个护士,操纵着小轮椅

越过花园中的车辙,置身于客人,

长靠背椅,塑料杯里的香槟,和闲聊之中。

他们的细胳膊抽搐着,脑袋耷拉在凹陷的胸前——

我们每个人难道不都将是这样

按照自己的方式和时间坐着? 而大地

没有形态,陶艺家将他的掌跟

压进黏土,然后捏合在一起,团成

峡湾、台地、冰碛,和我们称之为人类的

---

① 卢尔(Loul),一个古老的王室和宗教头衔,用于前殖民时期的塞雷尔王国,现塞内加尔的一部分。卢尔是继布乌米(Buumi)和蒂拉斯(Thilas)之后的第三顺位继承人。在古塞雷尔语中,其意为"发送"。

涂鸦。我们是善的吗？或许我们曾经
是善的？两条胳膊两条腿,一个肿胀的脑袋瓜,
还有那块切分的,颤搐的心的软骨,
激励我们去粉碎和爱抚,漫游和停留。

在马格洛讷新城①

这条狭长的沙滩,曾是萨拉森人袭击,
主教捍卫的地方,现在只有喧嚣的拍岸浪花——
波浪在慢热中翻滚、抚慰、沸腾。
我们静卧着,像漂流木一样开裂。
中年把我们抛到这里。盐烧灼每一朵波浪,
沙子在你的眉毛和双耳边结出硬壳,
太阳用火舌舔舐着驼背的涌浪
泡沫的催眠术:海浪声无穷无尽。
没有什么是无穷无尽的。马格洛讷大教堂
赫然矗立,风吹日晒的一只残破的贝壳。
海鸥栖息在柏树阴影的横梁上。
如果我们两个,躺在沙子下面,被焚烧
被献祭,那不是为了任何我们将要命名的神
而让我们平静下来的海,正在拼写它自己的终结。
我们终归得到了。此刻,白昼暂停,
亲吻是不安的空气中咸涩的海市蜃楼,
你的手掌在我臀部轻抚出晒伤的颤抖。
我可以看到你,但我选择转过头去,
抬头一看,整个天空倏忽而下——

---

① 马格洛讷新城(Villeneuve-lès-Maguelone)是法国埃罗省的一个市镇,位于该省中部,属于蒙佩利埃区。

我们曾经存在的地方,不复有我们存在:
只有一条碧绿色的长长的水平的痉挛。
吐出泡沫的潮水。战栗的海岸。

蒙彼利埃

每一片红色屋瓦,指甲盖下都有一圈阴影,
烟囱管帽悬于空中,狂热,庭院昏暗,车流的嘶嘶声
上升到我们六楼的窗户——蒙彼利埃,
你是夏季女王,守护着黄金项链,
水晶切割的香水瓶和异国的茗茶。
领口为了荣耀你而低陷,摩托车高笑低鸣。
地中海将它的钻蓝披肩沿着你的地平线展开。
异端之城,你推倒了每一座教堂,而路易十四
在凯旋门外,骑着他的青铜战马
向你进发,日夜不停。你有你的圣人,
朝圣者圣罗克①。他散尽万贯家财,
走上追踪瘟疫之路,他医治病人。
他死在了监狱,默默无闻。谁能说
角落里那个皱纹累累的乞丐不是罗克?
阳光照在一座空旷的建筑工地上,
一个四岁的男孩踢着一块石头,极其孤独。
雨燕不停地俯冲,嬉戏,以椭圆轨迹转向,
它们的腿已经萎缩,从不着陆,除非在晚上
掠过屋檐用腹部贴地飞行。而一页页日历
也在不停地翻动。每一页下面都有一个阴影筑巢。

---

① 圣罗克(Saint Roch),蒙彼利埃的圣人,出生时胸前有红十字胎记,是对
抗瘟疫的守护者,节日为 8 月 17 日。

解剖博物馆

就像黑暗的一部分，在售卖黑暗，

她们步入了大道的车流中，

她们——两只苍鹭，双腿长如高跷，

银色高跟鞋，超短裙歪扭在胯部。

她们在双向掠过的车头灯中摇摇晃晃。

眩光映在她们的翘乳和装有顶饰的头发上，

她们的笑声擦过挡风玻璃，

飞进反射的霓虹和汹涌的梧桐树。

她们迅速回到自己的生活中，七月

在流汗的柏油马路上陷入了沉思。

莱兹河在混凝土河道里缓缓流过城市。

在艺术博物馆，卡巴内尔的维纳斯①

躺卧，如酸奶抹在波浪的沙拉上；

在她上方飘飞的裸体小天使

有着豌豆荚的性器，涂着黑色眼影。

拿破仑三世从沙龙中选中了她：

一位皇帝矫揉造作的仙女，一道美味佳肴

为她的创造者赢得了另一枚胸章。

有谁不曾参与美的交易？解剖博物馆

在一个又一个展柜中陈列

---

① 《维纳斯的诞生》是法国学院派画家亚历山大·卡巴内尔（Alexandre Cabanel，1823—1889）创作于1863年的一幅油画，曾被拿破仑三世收藏，现藏于巴黎的奥塞美术馆。

梅毒后果的全尺寸蜡像：
阴茎深红肿胀,阴道破裂,鼻子塌陷,
臀部长满脓包。修复这些
十九世纪的奇迹
需要一种早已失传的艺术。

泰 勒 斯

至日,山中的溪流都干涸了
但留下了它们的字迹:有污渍的石板,
凹陷的岩壁,成堆的小树枝。
浮木的骨架构成了水库的褶边。
但是,第一个测量至日的人,
预言了一次日食,计算出了一座
金字塔的高度,以它阴影的比例
并教导我们水是唯一不留文字的
元素。乌龟们在移动:
小坦克们穿着正规的军灰色
弯刀的爪子,弹簧刀的尾巴,
宽大的装甲面孔,黑曜石的眼睛和嘴
缓缓穿过柏油路,寻找筑巢之地。
它们将产下很大的蛋,然后遗弃。
万物充满了神灵。据说泰勒斯
这么说过。你能听到它们的嘶嘶声
你能听到它们凝视我们时嘴巴的啪嗒声。

"地球是悬浮的……"

当绵枣儿从半解冻的泥土中冒出紫色

红衣凤头鸟将它歌曲的绶带抛出

两道高高的弧线，然后在树枝间拖出颤音

五月松开了手。但还不够。

蓓蕾紧握着叶芽。每个夜晚

撒下寒霜。我们在人行道上践踏破碎的天空。

你病了，身在远方。世界处于流变之中

阿那克西曼德说：诸世界诞生，出现，

又消失。我们灭亡，甚至诸神

也会消失。饶了我吧，那些工业水仙

捅破了残雪。这个季节将会有

艰难的诞生，我们将被拖入

光明。有多少年了

那疾病腐蚀了你的内脏？旋风，台风

冲破云层，撕裂产生雷鸣，裂缝

迎着黑色产生闪光。如此自然

哲学开始了。你观察冰川滑行

撞在大地的尖顶上，你浮在绳子上

进入冰的裂缝，去捕捉光亮

和呻吟声。冰雕琢了这个行星，

现在仍在雕琢：你把铝锤打成

那个形状。群星是一个火轮

脱离了地球之火,被空气包围。

我们来自无限,又返回无限。这样的教诲

来自米利都的阿那克西曼德,他认为我们将被毁灭。

界　限

穿过森林荫翳的花边,很难看见它们,
过去的深红色火焰在树干上标出了界线。
有时候,树已经倒下。有时候,
油漆已经磨损,可能会和苔藓混淆。
我爬下河岸,踩着灌木丛,停下
通过树枝间的缝隙,眯眼寻找下一个标记。
松树有着鳞片状、撕裂的树皮。
黄桦树绞扭着它们苍老的手,颤抖着。
儿时我曾在这里玩耍,现在我跌跌绊绊
从巨石走向苔藓凹地。那个女孩是谁,
穿着破旧的夏季牛仔裤和脏兮兮的 T 恤,
攀爬着花岗岩的岩壁? 我看见她
像丛林狼一样滑入更古老的黑暗。
她的头发剪得不齐,指甲里嵌着污垢。
她蹲在溪水中的石头上,窥探着鳟鱼,
那在铜色斑点的流动中颤抖的茶褐色。
有一次,在阴影中,她吻了另一个
女孩的嘴,她们都想知道
男孩的吻是什么滋味。那是恐惧的味道:
湿润、颤抖,徘徊在想象的
没有标记的领土边缘
那里的风穿过树枝低语,散发出
香脂、腐殖土,和释放回大地的生物的气息。

水　貂

当水貂奔过草坪,隆起
黑色的抛物线,我想到了
正弦和余弦,可是不对——
它的运动从不低于横轴
之下。那生灵消失于
伏牛花丛。绝对的
掠食者,一口就能咬断
兔子的脊梁。而我的思绪
沿一条轨迹跳回一片夏日的原野,
多年以前,我曾与一个几乎不认识的青年,
还有他的妹妹,在那里散步
走向北大西洋一处伸出的石质沙嘴。
他的头发秃了,即将死于
脑瘤。我忽略了
他的疾病,我们谈论历史。
他文静而博学。为什么
我记住的是他?
而当时我画的是他妹妹坐在深草中,
前额宽阔,棕色的头发框着脸颊,
身后是一片钴蓝色的汪洋。
海湾对面的群岛隆起小小的弧线。
那幅画堆放在壁橱里。
但是那死去的男孩

这些年一直让我萦怀于心，
我害怕他眼睛周围
那来世的光芒。害怕又羞愧于
我不了解的东西。羞愧于我的恐惧
让他的死，当它来临时，
变得难以言喻。历史就这样跳回现在，
带着闪光的眼睛，麝香味的肛腺
和尖锐的上牙。因为那个男孩
并没有死：他必须再一次被杀死。

以此类推

我从凌乱的床上起身,接纳了我的疏离
在倒塌的棚屋里寻找一点友好的东西
一个又一个季节,沿着这条路
一直走到桦树和山毛榉树林的边缘。
地板变形,护墙板下垂,电线歪斜
如同一场搞砸了的尸检中的肌肉。
柠檬黄的墙皮起了泡
成了知更鸟蛋的蓝色。太阳
透过破碎的玻璃发出最后通牒,
一束束灿烂又难以辨认的散文。
你的定理会氧化,我的诗句会崩塌,
成为覆盖物。无论是谁住在这里
他都已经滚进了另一个大气层
而我们,也只是匆匆过客
尽管天空暂时被困在窗框里——
有一棵鱼脊树的天蓝色缩微模型——
这时,冬至正在嘎吱嘎吱磨牙,
打呵欠,伸懒腰,从窝里爬出来。

途 中

鸟鸣。空气中的汁液,倾注的夏天。
小孩子咕哝着重新发明了语言,
如同蜘蛛网纤细的经纬
在阳台的角落捕捉黎明。
我们快速翻阅光谱:五月初
每一朵水仙都点亮了小油灯。
到了六月中旬,野鸢尾通过长茎
将水化成紫色和奶油色的火焰。
现在,七月末,是小小的玫瑰,
把洋红色煤块撒落在荆棘丛中。
我们知道一切都会归于白色。
我触摸过你苍白皮肤上的每一个肿块,
每一处蚊子咬过的地方。晨光
穿过草地,在白松的枝丫间,
嘲鸫将自己的心事尽情倾吐
在断续的颤音、鸣啭和叫喊中。

数　学

你如此纤细,在森林的阴影中

一闪而过,有如山毛榉

和云杉之间的一束光:苔藓

吸收了微光,踏上去

很柔软:你的衬衫

被荆棘撕裂,剪出一道道条纹

像是粗皮的山核桃

羊皮纸,木乃伊的

绷带:有时,回头看去,

我根本看不见你,

只有树叶的颤动,

只有一阵沙沙声经过。

白日的高空中,群星

保持着看不见的图案:没有

孤独,没有树液,没有心跳:

但是,在遥不可及的寒冷的太空,

呈现着只有我们

才能讲述的故事。

入　夏

旧闻：脚下的叶子羊皮纸般作响。
松针,橡子,青苔。瀑布
只是一阵涂抹在悬崖上的轻拍声。
斜坡从山月桂树丛之中蜿蜒而下
跌向板岩的壁垒阵,
破碎的采石场,一座布满苔藓条纹的峭壁。
我们踩着银色的碎片和影子。
向下,一直向下,到达草地
那里有鬼百合,那晚夏的幽灵,
张着嘴,灰粉色,舌尖上
沾着来自阴间的新闻。

不　久

起初它圆胖而敏捷，却刚好被逮住，
这花栗鼠斜躺在露台的石板上
仿佛在打盹。蝴蝶在它的皮毛上啜饮。
它们的翅膀直立时呈黑色，带有铜色斑点，
扇形展开时，闪现出蓝色的菱形。
绿光闪烁的苍蝇们陪伴着它。
中午，甲虫们来了，颇有效率
黑色套装，金色额头上一个黑点。
花栗鼠每小时都在缩小。第二天
细小的肋骨从绒毛中露出来，
细长如鱼骨。眼睛成了模糊的圆盘。
一只蛱蝶认真地吮吸着它的一只爪子。
不久，尸体就只是一片叶子了，石头上的一片污迹。
七月冲进了八月。很快我们就会离开。
黎明昏暗，从鸟鸣的喷泉中渗出来
在草坪上漫开，仿佛日子已经流干
从点滴的信任和失效的交流中。
我们在年历中标记出那个月份。
我们向其他人报告我们的存在，支付账单。
至少，有什么东西，我们会留住。

暗 光

月亮拖着她的影子网兜穿过树枝

当我们摸索着

沿夜路前行,碎石在我们脚下

发出咯吱声:峡谷里的溪流

咬牙切齿地说着有关石头的阴险想法

我们依靠树梢导航,

有着巫师袍袖的高大云杉,

举起手臂的白松

在恳求和颂扬,谁能分清:

我们从草地上看到的

卡西奥佩娅①母性的锯齿形:难以忍受

将女儿失之于海怪,然后是新郎,

但是现在,那整个家庭的悲伤

静静闪烁在浩茫苍穹之上:各在其位

父亲,母亲,女儿将星光熠熠的臂膀

伸向英勇的丈夫:在地球上

黄昏时分,母熊

将一块石头

一把掀翻,小心地捞出蛆虫

① 卡西奥佩娅(Cassiopeia),埃塞俄比亚王后,仙后座。她吹嘘她的女儿安德洛美达(仙女座)比海仙女更美,激怒了海神波塞冬,海神下令将安德洛美达绑在岩石上,献给海怪(鲸鱼座),后来她被英雄珀尔修斯救出。

小尖鼻子的熊崽儿蹲坐着。
煤黑色的熊,还有开花的山月桂
倒伏,有如夏天的雪堆。

给女儿奇亚拉

树叶在我们脚下嘎吱作响——易燃物,引火物——
当我们走过小溪,山楂树
点彩派画家的一个深红色光轮。
你想用你的手托住每个受伤的灵魂。
秋天在燃烧。被损害的、狂乱的人类,
会找到通向你的路。我不知道你如何入睡。
蛇发女妖的血,一滴是毒药,另一滴是疗愈。
发烧的秋天,我崇拜的秋天
哼着一首老歌。我们漫步在路上,
踢起灰尘。并且碰见了
一条一动不动躺着的束带蛇,
我们猜测,它的尾巴被经过的车碾坏了。
我们轻轻触碰它,它翻过来,摆出痛苦的 S 形,
扭动,但无法前进。它的腹部闪烁。
我们把它慢慢挪到草丛里。我们走开时
没有回头看吗?小溪潺潺作响。
家很远。黄昏缓缓降临,在树叶中间
从它手中撒下的,不是怜悯。

走向高地

跟随你沿着陡峭的山脊小径向西
一月,我踏着你酥雪的足迹
踩在橡树和山毛榉树叶的羊皮纸上。
在垂着冰丝的茶褐色和黑色岩石之间
瀑布奔流而下,擦过破碎的苔藓,
将页岩悬崖打磨得光泽暗淡。
这些古老的山,已经和正在磨损。
透过树干,显现出峡谷的边缘,
对面的山脊上满是云杉和荆棘,
远处是山谷和水库
一片黯然,再往前是山丘
在天空变得苍白时聚集着蓝色的重量。
如今,经历了多少个季节,我跟随着你
沿着这条小径而行。你用相机拍下了
成千上万的场景,而我则速写风景
从观景的巨石到对面的岩架都裹在冰中,
或是垂着绿色的流苏。可怎样才能
将一座山塞进拍纸簿或是相册呢?
在小木屋的家,我们会找到甜蜜的惯例:
晚餐,有烂熟的鳄梨,
鱼罐头,你的炖白菜,还有葡萄酒
来祝福这份宁静。当我们磨蹭着入睡,
我会把时间从手腕上取下来,放在梳妆台上,而闹钟的每一声滴答都会把我们举过一个阶梯。
此刻,我们阔步走在一片伸向天空的
古老的海床上,大摇大摆,压下旧伤
脚下的叶子发出噼啪之声,而我们相信
山会托住我们。但是你已经变得何其黑暗
在余晖中前进,一个剪影
在雪光中,镶着金边,呈紫罗兰色。

青 光 眼

野火鸡颈边的肉垂闪耀出深红,
当夕阳烧焦草地远处的边缘。
鸟鸣的网眼织物一点点解开
变成一个磨损的猫摇篮,捕捉阴影。
野火鸡主教一样庄严,昂首阔步,
顿挫而行,鱼贯进入白松的耳堂
山坡上面,千层糕的页岩封闭在
一本古书中,句子之间都是涂鸦。
黄色的真菌身着晚会的连衣裙
带着衬裙与荷叶边。它在梦见腐烂。
银舌的溪流,有更多的事情要讨论
当白天变得疲倦并改变了话题,
但是现在只留下亮点和低语。
今天下午,我们散步时,那黑熊
给了我一个严厉的眼神,然后懒洋洋爬上山坡
消失在小溪对面的山毛榉树林。
我们都在消失。这座房子不是我们的。
我的视力每天都在减弱。那将是怎样的情景
当我不再凝视铜色的山毛榉的叶子
散落于沃土,不再注目溪水的流淌,也不再看到
珍珠般色泽的,没有阴影的黎明展开原野的卷轴。
池塘边上,一只苍鹭站在原处,
一个象形文字。我不知道它写了什么。

黛安娜临死前几天最后的眼神：
由于疾病和失眠,她扩大了的眼睛
仿佛穿过一片无人之地,搜索着我的眼神,
仿佛凭借凝视,她可以记住我的脸。
我无言回望,抚摸着她的手。
现在,黄昏在苹果树枝上安顿下来,
野火鸡已经离开。半月在天空留下粉笔的字迹。
溪流继续含混地述说着它唯一知道的故事,
一张松弛的蛛网遮住了月亮的眼睛。

安息日蜡烛

清理完盘子之后，他们长久地抚摸黑暗
因为孤独，他们在黑色的窗户里
使自己倍增，向同伴鞠躬，
与升起的月亮交换信号。
我们睡着了。上帝会把灯灭掉。

第三辑

《红帽幽灵》（2011）

地 中 海

——当她消失在我前面的小径上
我倚着一棵扭曲的橡树,只看见她曾在之处的夕光:

金色的灰尘之光,就在片刻前和三十八年之前

我结实的母亲,草帽、泳装、宽松忽闪的衬衫
大步走在我前面,每一个夏日午后,她把背包轻轻挎
    在背上,

脚蹬凉鞋,在石头小径上步伐坚定,
当我们从海滩返回

而我思谋着小小的反叛,观察那些树皮疙疙瘩瘩
矮矮的栓皮栎,那些与风搏斗的双手叉腰的橡树,

一束束海光在树干之间投刺下来。
十二岁的时候,我有件事要说,

有个她未曾回答的问题,
而昨天,我如此清晰地看见她在我前方行走

那问题再次升到我舌尖,神秘的
不是她曾在那里行走,和她十年后的死亡,

而是她消失了,让黄昏取代了她的位置——

西北强风 I ①

两头驴在长满野生金纽扣的草地上吃草。
桉树和金银花的香气混合在清晨的空气中。
远处的岸边,传来孩子们探索事物的声音。

童年随长长的灯芯焚烧,我重回此处检查灰烬。
海鸥在掠水飞向港口时
哀叹着古老乏味的悲伤

当太阳钻进金色花朵的漩涡,就像辐射一样,
整个草地都充满了既破坏又滋养的热量。
这对驴子来说并不重要,无论如何,它们都会继续
　咀嚼。

在我花园的桌子上,阳光投射冬青叶的影子网格,
这种稀疏织法的编织物在书页和笔记本上颤抖,
重新排列文字。也好,它们不是最好的文字,

我愿意被重写,让别人印刷出来的诗也同样被重写
让它们浸泡在桉树的苦味中,据说可以治病。
愿远处的黑暗之火,烧焦我朋友受伤的细胞,

---

① 原文为密史脱拉风(mistral),法国南部出现于冬季的寒冷强风。

完成它的工作,让他成为更长的故事,

一个好故事,一个阳光带着夏天的力量在血管里
    流动,

孩子们发现新事物,对着大海喊叫的故事。

西北强风 II

我把自己交给了西北风,它从北方
席卷而来,越过法兰西精耕细作的田野,
掠过阿尔卑斯山脉,用扁平的手掌拂过罗讷河
在湛蓝而古老的大海上疾驰
从我的笔下夺过那一页。

高大的桉树颤抖着汹涌着,
竹林刀剑闪亮,昨天的诗飞走了:
在安静的花园里,我们都将被改变。
我已经打破了某些形式,我在等候
看有什么能从树叶和云光的喧嚣中存活,
大海会从它锯齿状的海沟中掀起些什么
当浪花撞碎在页岩下切的脉管上
群山环簇的峡谷发出呼啸和呻吟。

花园用它的金属圆桌钉在地上
豌豆汤的绿和扇形图案来自黄褐色的泥土,
我钉在花园的椅子上,可是昨天是我在祈祷
为了让这个避难所因一种不同的气息而哭泣,
希望从我的喉咙里攫取一个新词——
它的咸涩可能来自海风,也可能来自泪水。

产　妇

他们把泪水装在眼泪研究所的小瓶里
在锡拉库萨,圣母的泪滴
从圣像杏仁眼的腺管里挤出来。

圣母让圣子保持着平衡,他几乎漂浮在
她耍杂技一般的手臂上。小船,仅仅
系泊在她的指尖,否则他就会漂走。

这对母子的表演已经完美了,他们教会我们哭泣,
尽管在更古老的西西里故事中,
这处女之子松脱了绳子,不是向上,而是向下

滑过风信子草地,进入深不可测的黑暗。
我看见她离开,虚弱的手臂,虚弱的双腿,阳光照透
　　她的肋骨。
母亲女神,爱的源泉,猛冲过田野,

那孩子鼻子流血,与死神成婚。
我看着自己的形象在化学浴中浮起,
在暗室,我自己的死亡纪念照逐渐显影

起皱的眼睑,凹陷的眼窝,麻坑的下巴。

那孩子继续走开。沿着电车轨道，

一盘未卷好的盒式磁带光芒闪烁，串起一条歌之径①

在碎玻璃、岩石和煤灰之中。我数着我的骨头。

---

① 歌之径（songline），也被称为梦之路，在澳大利亚土著文化的万物有灵论信仰体系中，是穿越陆地（有时是天空）的路径，标志着梦境中的"创造者"所遵循的路线，是连接个人和祖先土地的重要纽带，承载着复杂的地理、神话和文化信息。

符 文

追悼会,然后是漫长的钢铁般的海滩,我们避难,
在风中冲洗眼睛。我们望向北大西洋
解读泡沫中的符文,但细浪将其切碎。沼泽芦苇

在我们身后用流苏装饰着天空。我们大口吞下狂风,
我们饥饿,无话可说。美国人不怎么去那里。
当我们在小湾码头摇摇晃晃的鱼棚吃饭时,

一股恶臭从潮水中升起,有毒的烂泥
刺痛我们的鼻孔,每一口腐烂的龙虾沙拉
都充满了刺鼻的味道。我们怎能说再见,

嘴里塞得满满,肚子胀鼓鼓的?
我们在紧张的沉默中开车回城。黄昏堵塞了道路。
天际线,一个上下颠倒的吊闸。

时光飞逝

昨天,黄昏时分,柠檬色的高空和缓慢瘀紫的云。

小溪潺潺流过同样古老的石头,像一个健谈的女人。

我独自走在土路上,这是我从小就走的路,

我试着从字里行间听出小溪到底在说些什么。

在她不停的饶舌背后,这女人的心里怀着怎样的
　　恐惧?

我无法翻译。伐木工们在山毛榉和白松之间砍出一
　　道新伤。

天空心里有雨。你在家等我。

这些天我在读一位诗人的诗

关于创伤,石头,火和冰,以及其他形式的痛苦。

我记录时间的飞逝,这是诗歌不断探索的主题。

时间在飞。我用拉丁语把它写下来①。

事情就这么解决了,直到我再次出去散步

天空重新拥挤起来,绿茴香酒的光从树枝间漏下。

---

① 此诗标题为拉丁语,Tempus Fugit。

恐　惧

我跟着你试图捡起这些诗歌的碎片
你把它们丢下把它们藏起来，但是

它们沙沙作响，我把它们撬出来
把它们从靠垫下面从床底下拔出来，如同窗帘的珠串

从浴室哗哗的水声中拔出来
当你假装洗澡，假装你是"没有人"的时候

"没有人"害怕水，"没有人"
雕刻肥皂，这样就不会擦伤他的皮肤

是水的悸动和飞溅
敲走了每一日的色彩

好日子你好中空的蜘蛛手指凹陷的眼睛反物质的反
　　肥皂
你从一颗燃烧殆尽的星星上望出去

它在数光年以外
仍在发射光子

带着那恳求的深沉的动人的懂事得让人吃惊的狗的
　　表情
一件气味的魔法斗篷

"没有人"会碰，"没有人"是安全的，"没有人"
用星际挥杆打高尔夫，以至于球永远不会落地

电视日夜不停地背诵正确的咒语
门用胶带封上，日光像酸一样剥落人的皮肤

只要危险在我之外存在
我就无法把它写出来

它想从钥匙孔里钻进来滑过窗台
在壁橱里挂着的衬衫里面呼吸

它会腐蚀奶酪
它活在我的呼吸里

隐藏在保罗·魏尔伦的诗页里，像一坨屎
它用星星挤出的墨水签了合同

你是最温柔的祈祷者
你看见阴影从何处落下，穿过每只眼睛

它当然关乎咒语
关乎我们所有日子的歌曲

你是空的，于是我画了一座神龛
它也是空的

给　D①

飞机颠簸着穿过雨云而下，
奶油色的光穿过积云，下面，
一片杂乱无章，一张被撕开的床垫——

友谊是永远的旅行。如何衡量
眼睛与眼睛，手与手的距离——当我们的手变老
——或者肩与肩的距离，当我们站在水槽边

清洗甜菜叶上的沙砾，我们的手呈洋红色，
我们的声音低沉，平稳，交换着
闲言碎语和唠唠叨叨

水在嬉闹中逐渐沸腾
在又大又旧、凹损的锅里，香味越来越浓，
百里香、洋葱、牛至，孩子们的声音忽高忽低，

壁炉旁，父亲们争论着炉火，
两个家庭将围着蓝格子布的椭圆形餐桌打转
饥火上升——

---

① D 指黛博拉·安妮·塔尔（Deborah Anne Tall, 1951—2006），美国作家和诗人。从 1982 年到 2006 年，她是霍巴特和威廉·史密斯学院的文学和写作教授，并编辑了文学杂志《塞内卡评论》。塔尔著有四本诗集和三本非虚构作品，系罗桑娜·沃伦的好友。

飞机撕开最低的云层
我再次从我暂时健康的遥远国度
向你飞去，

飞向你疾病的新庄园，你突然获得的，
代价昂贵、经过放疗的专业知识。
你已经远远超过了我。

在 湖 边

甜蜜的九月,我们坐在你湖边的野餐桌旁
细浪打碎了天空、太阳,
远处赤褐色的小山——也成了碎片,

三个闹哄哄的小孩,拽着他们马尾辫的父亲走过,
通往农贸市场的路上,先锋的女嬉皮士们
戴着软帽,头发蓬乱,拖着飘逸的长裙

在兜售成罐的蜂蜜、耳环和结实耐用的连指手套
新来的拓荒者们出售用涂漆的原木年轮片做成的
　桌板。
我们都应该是健康的乌托邦空想家。

一艘蓝色遮阳篷的观光船轧轧驶过
在我们脚边的石头上掀起更多的波浪,
这时你开口说话,突然压低了声音,

"你知道,我这次可能熬不过去了"
(你,戴着淡紫色头巾,为了掩盖脱发)
我说,"不,不,我不能让你这样,"

不让你告诉我你需要告诉我的东西,

因为这会让破碎的画面
变得更加破碎,太阳已经在劈砍水面

像是技艺精湛的屠夫舞动他的刀。

笔 记

你的声音,已经变得空洞,
在无线电波中噼噼啪啪,穿个半个大陆
从你的病房传到我满是广藿香和桌布,
地板吱吱作响的经济旅馆。

我用墨水记下我们的谈话
它黑得如此彻底
渗透脏污了每一页笔记本的背面
可我还是在写

以至于此刻你的话语有了三重破碎——
听不清,辨不明,又被我的记忆所打断
木兰花的墙纸和若隐若现带有全身镜的大衣橱
我凝视着它又几乎什么都看不见

而你发出的带静电的音节
整个加起来并不是"我的身体
正在我周围死去"和"姑息疗法"
而这些,我不愿意,也不能

听得一清二楚。你想要
完成你的诗。我想要
我们永远不要结束这一场
没有完全理解的谈话。

余　波

黎明。转眼之间，一切都结束了。

——黛博拉·塔尔

那是最后一个愉快的夏天，就在
一次次化疗之间，当你从厨房窗户
望出去，看到那头母鹿站在
你的草坪边缘，灌木丛汇聚之处——
秋橄榄、鼠李、连翘、山茱萸。
当你走出户外，母鹿保持静止
凝视着你的眼睛，你以为，它有一个
友好默契的问题，便没有跑开。
你感到头晕。母鹿低下鼻子
推了推它脚下的小包裹
像一把折起来的笨拙的折叠椅
先前隐藏在草丛中。
它刚刚分娩。幼鹿还无法站立
只是抬起过大的脑袋看着你。
正如你所说，你已经或多或少
置身于来世了。你们彼此接纳了对方。
在彼此面前，你们都超越了恐惧。
两个生灵，彼此产生了副作用，
各自朝着相反的方向前进。

卡　戎

有多少次,在那个外省的机场,
我们坐在那里,把谈话拖到我的航班
发出广播通知,直到我们说出那些暂时的告别

这只是轻轻中断了我们持续半生的
交谈吗? 有多少次,在机场休息室
立体拼装的圆顶下面,在那条豌豆绿

旨在为了"含蓄"的地毯上,我们的脸
在荧光灯的酸浴中失却了颜色?
我们摸摸手,摸摸脸颊,不止为了

确认我们还有身体,也是为了表示
分别的礼节。我们不知道
我们正在练习。我们不知道,你很快

就会支付怎样的欧宝①,为了怎样的交通。
亲爱的朋友,多年来你一直在召唤鬼魂,
你何以,如此突然,就加入了他们的行列?

---

① 欧宝(obol),古希腊银币,亡魂用来支付给冥河船夫卡戎。

一个宇宙

你躺在你最后的睡眠中,不是睡眠,
脑袋在枕头上僵硬地歪向右边
以比你俯身于诗歌时更为尖锐的角度,
年复一年,我们互相拉扯彼此的诗句,

仿佛你正在考虑某个更严峻的问题。
你的静脉注射管不见了。你的手臂上有淤青。
一顶蓝布帽包裹着你苍白的光头。
把薰衣草披肩给你已经太迟了,我想象

这更多的为了我而不是你的缘故。
你的嘴突然变得柔软,一个女孩的嘴。
你走了很远,来到了这里。
你从来不是不去直视事物的人,

现在你朝内看了。谁知道你看到了什么。
几个星期后,我们再次聚集在
这所房子里,说那些正式的告别,
我去你的书房寻找《草叶集》

可找到的,却是你整洁的书桌,无人使用,
你的手稿整齐地码放着,镶了镜框的
你女儿们的照片,还有,仿佛惠特曼的一个私人

信息，

他看到了万物的整体，一只小老鼠

干瘪的尸体。它也是，一个宇宙。它也，更为幸运。

火 焰

需要一颗伏都教骷髅,一只昏黑的眼睛,
一支燃烧的蜡烛,才能看透

这些画面。是谁放的火? 是谁
堆起了那座烟雾的悬崖?

报纸泛黄,边缘撕裂。
是我放的火,是我堆起了

那夸张的、山一般的烟雾。
我每晚都堆,不拉任何人出来。

那些尸体僵硬,像小小的丁字尺。
不清楚它们解决了什么几何问题。

沟壑是一座壁垒。
活着的人,缠着头巾,站在上缘。

炸毁的卡车成矩形状燃烧。

穆泰纳比街①的书籍变成了块状的燕麦粥。

这个世界，一视同仁，不是由神或人所造
而是过去和将来都是一团

永恒的活火，赫拉克利特说。而那孩子
在烧焦的房间，伸手去触摸墙壁：

家具烧了，他的父亲被枪杀了，镜子
只反射出相机的闪光。

我们从天堂窃取火种之前
就在我们的灵魂中发现了它。

现在我们是光明的主宰
而暗室属于我们。

---

① 穆泰纳比街（Mutanabi Street），伊拉克巴格达的一条街道，靠近巴格达老
城，街两边满是书店和露天书摊，是售书业中心，以 10 世纪古代伊拉克
诗人穆泰纳比命名。2007 年 3 月 5 日，该街发生汽车炸弹爆炸案，造成
26 人丧生。

后　来

直通世界尽头的高速公路掠过一座
废弃的购物中心，屋顶被砸穿的凯马特，
数英亩的停车场里，杂草在裂缝里猛烈震颤。

警察局被捣毁，但麦当劳仍在售卖休克的油脂。
在混凝土兵营式的养老院，所有老人都被淹死了
困在金属床上。一个粉色荷叶裙的女孩

在淤泥中漂了一周，双腿分开，脸朝下。
写一份清单，做一个索引，结结巴巴一首赞美诗。
从拖车里排放的未经处理的污水堵塞了河口

我在思考如何说"而且"，"而且"这个词
是否适合描述沼泽之外，松树幽灵
和骨架般的柏树在雾中延绵数英里的样子

以及我如何数不清一块块混凝土板
在曾经有平房矗立的地方。桥下
一丛凤眼莲中，鳄鱼们在打盹。

画一张地图，标出 X 的兄弟自缢的地方，
Y 在药用光时死于糖尿病的地方，以及
一个女孩肺部烟雾图案那看不见的地图

她锤打石膏夹板，石膏裂开。
昨天的鸡蛋和燕麦粥凝结在成堆的盘子上，
房子从发霉的瓦砾和齐腰高的杂草中升起。

夜里，在法国区，波旁街和比安维尔街的拐角，
两个男孩在红灯的潮汐中漱口一般唱着情歌
那潮汐从酒吧的窗户溢出，涌入街道，

当风俯身夺取水流中狠狠的吻，
这些曲调在屋顶的上升气流中骑着吉他即兴演奏，
穿过震颤性谵妄的河流，向墨西哥湾而去

那里有细浪轻抚着地平线，而天空保持着沉默。

宫 殿

一座心脏插着刀子的城市，

神经裸露，动脉悬挂，供奉君王

宗教、学问和艺术的庙宇

污秽不堪，布满弹坑，

或者经过打扮，喷砂，涂漆

迎接新的集市日。难怪历史

有一副阴郁而苍老的容貌。

她坐在席勒纪念碑的基座上，

男人一般双腿交叉，身穿托加袍，

而她丰满的姐妹们则身着轻薄睡衣，

抒情诗、戏剧和哲学，与路人调情。

林荫大道在挖掘中抽搐，

起重机刮擦着天空。泪宫①

依然流淌着泪水。空地上

水桶从卡其色的水洼中探出头来，

破碎的塑料三角旗在链环围栏上颤抖。

丧失开启了道路，我在信中写道

那不是一封情书。

在索菲亚大街，一个满脸污泥的小男孩

---

① 在第二次世界大战后柏林和德国分裂的岁月里，柏林的弗里德里希大街火车站是东西柏林边境的最后一站。1961 年柏林墙建成，它成了一个边境口岸，附近修建了一个用于过境清关的亭子，因为许多被边境分隔的亲人之间的感人告别，该建筑被称为"泪宫"。后经过翻修，成为永久性的"德国分裂遗址"展览馆。

带着学者般的专注,试图

从索菲亚·路易莎女王教堂前的人行道上

撬下一块司康饼大小的鹅卵石。

整个社区在牙医的钻头下震动:

一块块铜板,一根根大梁,

新劳工拆除了旧劳工的共和国宫①。

---

① 共和国宫是德国首都柏林一座已拆除的建筑,曾为东德人民议会所
在地。

眼　睛

如此潮湿,小说的页边像葡萄叶卷曲起来,
故事模糊不清。今晨在地铁
一个男人正从墙上刮下一张海报:

所有承诺的极乐都成了悬挂的碎片。
我的一只眼睛肿了,发紫。我无法阅读,
无论远近。我的童年很遥远。

我睡在一张被斗牛犬撕坏了的
裸露的床垫上;它满是烟味,针散落在地板上。
我让自己挨饿,欣赏我纤细的肋骨,

一棵石化的史前蕨类的叶子。
我是史前动物,我的犬齿变成了獠牙。
白昼把夜晚扛在肩上行进,

一个干瘪老头。我更喜欢夜晚。
来找我,我说,我反正会吻你,
即使你老掉了牙,即使我盲目而淤紫,

我们会笑,我们会成为《启示录》,
我会穿上来自地下室的内衣,我们会在"无爱咖啡"
　用餐

那里的松饼冒着热气,没人在果酱里吐痰。

那是多年以前。现在的夜晚是疲惫的,
我们已经让彼此疲惫不堪。我们几乎不再见面。
但我仍然有一只好眼睛,当我眯起眼时,

你不会相信我看到了什么。

奥 德 赛

1. 伊 萨 卡

辨认：我们同时活在心内和身外。光芒将二者腐蚀。
鲜活的身体在腐蚀中成形。橄榄树因中暑而发
抖，变成幻影。我们都在以自己的形式倾泻，房屋
在震颤。谁是安全的？

2. 雅 典 娜

她的神树，橄榄树，像火焰一样从震惊的大地上升
起。造访。在扭曲的树枝上，薄暮时分，一道新的
光芒在嬉戏。火绒一闪。雅典娜将烧光他的少年
时代。准备好接待客人就是变得易燃；就是踏入
葬礼的柴堆；就是说，让我成为火把、火焰和灰烬。
就是说告别。

3. 涅斯托尔的小母牛[①]

这双角镀金的祭牲踮着脚在众神之间传递一个信
息。鲜血从小母牛割开的咽喉喷涌而出，从时间
流向永恒，这时，这老人向后退去，擦去斧刃上的

---

① 涅斯托尔（Nestor），皮洛斯王，见《奥德赛》第三卷。

124

血迹。他向黑暗中投去一抹微光。房门燃起了火焰。橄榄树倒向祭坛：它们有信息要传递，某种无法解释的东西在低语，像叶子摩擦叶子，像树皮在爆裂。大海在睡梦中呻吟。

4. 潘奈洛佩的梦

树枝穿过墙壁和窗户，摸索着她卧室里大块的黑暗，窥视她的梦境，那梦境发出一阵星光的痉挛。她儿子的安全将由这样的微光编织而成。可是失踪的丈夫呢？那个故事需要一种不同的语言。

5. 瑙西卡的亚麻布[①]

少女的嫁妆是云雾：她用手指穿过大气，她将披上它做新娘，她将为了丈夫躺在露水的床上。等待中，她是凹坑、裂缝，树枝之间的一个开口。大海呼唤她，但它能叫出她的名字吗？

6. 欧里米杜萨之火[②]

少女时代是一团火焰。公主已经从海之火跨入了家之火，她闪烁着，太阳在她双眸之中，她渴望挺直

---

① 瑙西卡（Nausikaa），希腊神话中法埃亚科安岛的国王阿尔喀诺俄斯的女儿。她在荷马的《奥德赛》第六章中出场，扮演了相当重要的角色。
② 欧里米杜萨（Eurymedousa），瑙西卡的保姆和侍者。

身体。橄榄树模仿她,但是年轻的棕榈树最了解
她。情感跪着。情感照料着煤块。情感,用坚实
的双手,抚慰一个被偷走的过去。

7. 马戎的酒[①]

经过蒸馏的阳光,掺入了红土的香味,蝉鸣,薰衣草,
百里香,云母碎片,垂死之人的哭喊。他们把这些
从宰杀的祭牲那里倒入十二个双耳瓶。有一种蒸
馏血液和祈祷的技术。那酒有蜂蜜的口感。它能
捕捉光线。阿波罗批准了。它将让你免受伤害。

8. 喀耳刻的猪

那同样,是我们的本性。你以为我们都是光、气、火
和思想吗? 光可以沉淀为肉身,我们被赶进了实
体,结结实实,我们忘记了自己的名字,这也是神
圣的:橄榄树遭受阵痛,天空变厚成了猪油。如
果你声称不知道这个,那你就是在撒谎。到这
儿来。

9. 安提克勒娅的影子[②]

他总得把她留在身后,她必须追随他。他的任务就

---

① 马戎(Maron),色雷斯伊斯马洛斯人的阿波罗祭司,见《奥德赛》第九卷
第 197 行。
② 安提克勒娅(Antikleia),奥德修斯的母亲。

是长得比她大,把她伤害至死。她现在是一个影子了,向他伸出手。她什么时候不是影子? 当他从她的子宫中挣出来,她是肉身、骨骼和剧烈的疼痛。从那以后,她就逐渐消失在真实的空气中。然而,他需要她,这也是契约的一部分。他需要她的手抚摸他的额头。这样他就能再次转身,坚定地离开。

10. 赫利俄斯的牛①

是的,我们知道禁止吃肉,但直到它扭动、咆哮、从烤架上跳下来,我们才真正知道。疯牛。这些牛脑子有病,比中暑还要严重。太阳似乎是温和的。现在火焰沿着神经喷射,痉挛变成火花,饥饿变成恐惧。我们以为我们吃了火。我们的领袖睡着了。

11. 欧迈奥斯的热情好客②

一个又小又暗的茅屋也能容纳巨大的光。在黑暗中仍然很难看清。蹲着的两个人中,哪一个是高贵的? 都高贵? 还是都不? 过去翻译成未来,但以一种无法辨认的方言:所有的元音都变了。你可以放心地吃喝,睡觉,不会有人知道。童年是幸运

---

① 赫利俄斯(Helios),古老的太阳神,后与阿波罗混同。
② 欧迈奥斯(Eumaios),奥德修斯的牧猪奴,是他返回伊萨卡时第一个款待他的人,并最后帮助他铲除了求婚者们。见《奥德赛》第十四卷。

的,但也可以失去。树木在敬畏中回春。

12. 海伦的占卜

她知道的比她应该知道的多。这么多年过去了,她
笔直地站着,一道阳光的裂缝,但仍然很冷,尽管
她照进别人心里的光显示出比解剖学家所能命名
的更多的褶皱和空洞。她自己的心经受了锤炼,
厌倦了这种锤炼,又无法阻挡。老鹰带着掠来的
鹅笨重地飞过。关于俗人反复性的贪婪和对麻醉
的渴望,她知道的比她想要知道的多,她看到的比
她想要看到的多。她提供小剂量的药。按照成
本价。

13. 忒勒玛科斯

当这少年落入女人们之手,他的身体会变成蒸汽。
她们用带有金色斑点的油按摩他云一般的肌肉。
在一股热水下,他将变成她们想要的形状,玩偶的
身体。他会从她们的指缝间溜走。树林中的薄雾
翻滚着,化为女人们的大腿、骨盆、胸部,这个充满
承诺的群体他总是把握不住。

14. 织 机

穿过过去那坚韧的经线,她穿织着未来的纬线,于
是,现在的织物绷紧,逐渐成形。但是现在呢? 拉

埃尔特斯①的死亡被不断推迟。恒心是她的专长：为了保持恒心，她用指尖把现在解开，而黑夜在她肩上呼吸，使图案变得复杂起来。

15. 欧律克莱娅②

那个在他还是婴儿时，给他喂奶，哄着，用襁褓裹着，抚慰他的人——那个让他穿上干净的束腰短袍去打野猪的人——那个在这四十年里照看火堆，擦洗路面，清数米袋子的人，现在却在他的脚边吓得往后退缩，他的手掐住她的喉咙。一个男人的手。一只熟悉的手。我们可以用另一个名字称呼这份温柔。就像野猪的獠牙撕扯男孩的大腿，可以算作一种祝福，一种爱抚。水盆边上一圈油腻的浮渣。在炉火的光中，他们的影子在跳跃。

16. 求婚者们

箭矢穿喉，酒液倾泻，肉块在热油中翻腾。咒骂哽住，鲜血吞下。鸟群的飞翔中看不到命运的征兆。有一个在桌子底下翻滚，内脏没了，他曾在那里把胳膊胖乎乎的女仆摔倒，吐在她的肚子上。因为肉体寻找肉体，即便在最后的宴会上也是如此，黑暗与光明相遇，宛若一场舞蹈。一曲音乐从门窗

---

① 拉埃尔特斯（Laertes），奥德修斯的父亲。
② 欧律克莱娅（Eurykleia），奥德修斯的奶妈。

紧闭的大厅飘出。

17. 对宫女处以私刑

骨盆痉挛,双腿不由自主地抽搐:她们以前就知道
这种舞蹈。那时,它不被称作正义。快乐使我们
措手不及。一个人要有放弃自己的本事,这也是
一门艺术。人体会压断大多数的橄榄枝,我们的
身体也有这样的重量。

18. 与拉埃尔特斯的宴会

你想要图案自行显现,你想要拼图迅速到位。我们当
中有谁不想为人所知呢? 他们将在血战中被认出
来:同样的下巴,方正的肩膀,发红的眼睛。遗传
特征。母亲早就被驱逐了。他们用自己的手造就
了这个场景,他们几乎相信他们已经造就了自己。

19. 结　局

告诉我,那是一幅怎样的景象:当橄榄树林被烧毁,
晨曦中的雾气在焦土上升腾,飘过骨架般的树枝。
也许只有这样的烈火才能使世界和平。最后的葬
礼柴堆已经熄灭。如果骨头从灰烬中支棱出来,
它们几乎与树根难以区分。在空荡的橄榄林,在
扭曲的幽灵般的形状之间,我们梦见正义已经
实现。

家庭：一部小说

拂晓的手伸进来，在椅背的竖杆上弹奏出一个
全音程，又弹奏出另一个和弦
沿着阳台的栏杆

在卧室墙上褪了色的马蒂斯复制品中。
这时整个房间都在嗡嗡作响，把我们惊醒。
山毛榉在阵阵闪光中，发出一套牌。

谁能解读那天的运势？中午的草地上，
石竹花与萱草、毛地黄和高大的丛生杂草争艳。
成团的雾把水母卷须拖过湖面。

南希坐在游廊的轮椅上，清点童年的风景
发现一根枯枝半落，困在白松上部的树枝间。
约翰拿出水彩，画了又画

水坑和漩涡中的山景他研究了五十年。
他何时才能领会？雾气飘荡，湖水闪烁如一把出鞘
    的刀，
潜鸟潜入水中，似乎再也不会出现。

室内，天花板上的油漆脱落了，

淋巴结核般的斑块蔓延。我打开一本空相册

在一场单人纸牌游戏中，展示我们最后的动荡岁月

　的快照。

溪流中的人

你站在溪流中，前臂上沾满了
泥浆，眉毛上有一只染血的蚊子，
你的黄色 T 恤湿到了胸口
水流从你的两腿之间流过，
琥珀色，铜绿色，阐释着
今天的故事，昨夜的辛劳……

你盯着这位海狸父亲，眼睛对着眼睛，
但它的目光压倒了你——你闯入了它的世界，
无论多么不情愿，你都已经拆毁了它的堡垒，
牙齿拗弯的树枝，结了泥块的树枝
尽管你对着画眉吹起晚祷的口哨
并在黄桦树的纹理中追踪火焰的闪烁。

死亡超过了我们。倒下的树根
依然紧抓住长满苔藓的花岗岩。
地衣在腐木上阴燃，真菌留下丝丝缕缕的痕迹。
我想要一个有裂缝的日子，让上帝的光透进来。
森林永远是一幅夜景，微光闪耀，
白桦树在手掌之间抛掷着它的零钱，

我们这些破坏者正在破坏自己
我们是否知道，但愿我们知道
如何把自己交给这未曾交付的光。

港 口

笔记本上被跳过的一页,用黑色标出,
中断的葬礼日记,一个失落的地方,一片空白
在那古老又年轻的爱情故事里

《古兰经》唱道:"报应日的主,
求你引导我们上正路,
你所佑助者的路,
不是受谴怒者的路,
也不是迷误者的路……"

晚上散步回来,回到门廊,
寻找那盆挂在弧光灯下的凤仙花——
这平凡的小花几乎已被黑暗吞噬——

感觉托梁何其脆弱,你的心何其黯淡。
熬过了血清素的浪潮,你学到的东西何其少。
凌晨,当飞机倾斜,涂着一层热浪的薄膜

由大海上空的滑石粉和酪乳构成。
你不断地抵达,又总是在出发——贺拉斯唱道
我们自身,我们所有的作品,都归于死亡。

他应该懂得,那迅即离别的古老技艺。

又一次飞行，又一个黎明，大海闷燃的玉。
离港，从一个季节进入另一个季节，

切开卷云。我们知道那一点，即便年轻。
但我们总是在地球上着陆。火在呼啸，
树液逐渐脱离桦树原木，结结巴巴地说着祝福。

一颗错置的心。冷硬的蓓蕾
忠诚于装饰性的樱桃枝，而花神
斜倚在她的宝座上，风磨快它的刀刃

沿着房子的每个角落和屋檐。
我们建造房子是为了成长，也是为了离开。
我忘记的词：绿松石，仙客来，贝克曼①，雕带。

忘记，是因为爱过。笔记本上的另一处空白，
旧铅笔涂抹的地方，描述变成了烟雾。
这秘密的契约是什么，它将使我们不再悲伤？

曾几何时，我是你怀中的琵琶，琴弦断裂。
今晨港口的水面，一阵不由自主的颤抖
如同一条梦见跳蚤的狗，在睡眠中抽搐。

---

① 马克斯·贝克曼（Max Carl Friedrich Beckmann，1884—1950），德国画家、雕塑家和作家，出生于莱比锡，逝于纽约。属于德国表现主义新客观派，对畸形社会现象抱有嘲讽和否定的态度。他把客观现实和主观想象结合起来，采用象征性的个性化表现形式。

宽 恕

栗树高举着它奉献的蜡烛。
黑鸟用颤音向黄昏发出邀请,黄昏接受了。
红狐绕过露台,小跑下来,在花坛里打滚

空空的花坛满是淤泥。在湖边码头
小帆船在自己的泊位上侧身而行,
摆脱了冰:水在灰色的波纹绸中沙沙作响。

春天是一次臀位分娩,
脐带缠在脖子上,但暮色伸出一双妙手
把它解开。在你曾经站立,

叫喊,诅咒,挥舞手臂的地方,
一片寂静在聚集,房子在呼气。
一座已不复存在的房子,一座脑海中的房子。

隔着这么远的距离,我们知道
我们中是谁曾经诅咒,是谁曾经呼喊?
是谁曾经挥舞令人难忘的手臂?

冰

在一个潮湿、灰暗、低语的四月天
黑鸟把天空缝在青皮的嫩枝上，
蓝帽子们在交谈中刺绣着大树枝，
我知道我已经从你的手上，
你也从我的手上坠落。破冰船
伴随着一阵干咳，在湖面上来回穿梭。
赛季结束了。一道银光
铺展在伤痕累累的水面。
黑暗一阵阵袭来，水面颤抖，重新暴露出来。

水 害

献给罗伯特·舒曼,以及 2003 年 3 月 16 日于剑桥查
尔斯河溺水身亡的舒曼学者约翰·达韦里奥①

1. 姐 姐

在茨维考,在茨维考穆尔德河,

他的姐姐艾米丽滑进了水里

激流强壮的臂膀把她拖了下去,

我们怎么知道是在哪个码头

哪座桥梁,泥泞的河岸,是在晚上

还是在晨曦中,她是跳下去的还是滑下去的

水是拍打,破裂,还是只是咕咕哝哝

---

① 《水害》是罗伯特·舒曼和学者约翰·达维里奥的一首双重挽歌。达维
里奥(John Daverio,1954—2003),美国小提琴家、学者和作家,以关于舒
曼和勃拉姆斯音乐的著作而闻名,其著作以音乐与文学和哲学的关系为
特色,主要有《19 世纪音乐与德国意识形态》(1993)、《罗伯特·舒曼:
新诗性时代的先驱》(1997)和《交叉路径:舒伯特、舒曼和勃拉姆斯》
(2002)等。2003 年,达维里奥在剑桥的查尔斯河溺亡。关于舒曼的传
记信息来自他的作品,以及蒂姆·道利的《罗伯特·舒曼:他的生活与
时代》(1981)。诗中着重思考了舒曼的钢琴独奏作品《大卫同盟舞曲》
《狂欢节》和《克莱斯勒偶记》。"大卫同盟"是作曲家虚构的用来抵御
庸人攻击的朋友阵营,其中两个主要成员是尤西比乌斯和弗洛雷斯坦,
尤西比乌斯内省而忧郁,而名字源自贝多芬歌剧《费德里奥》主人公的
弗洛雷斯坦则代表了舒曼的旺盛冲动。

她十九岁,她的皮肤发炎,结痂
她得了斑疹伤寒,(他们说)她很忧郁

厚重的裙子一定把她裹成了水袍子
像一件庄严的斗篷,一个沉重的新责任
河流保守着它的秘密,依然如故,依然

沿着城市的石头堤岸蹭痒痒,可是突然
光捕捉到一个偏离的浪涌,一个漩涡
在边缘徘徊沉思,像钢琴三重奏中的

小提琴一样,我们沿不同方向前进
我们不会知道,也不可能知道
她是怎么掉下去的,她弟弟罗伯特又是什么感觉,

一切都被弄脏了,墨水流进水彩的池塘
家书"被水害毁了"
在对德累斯顿的轰炸中,水火交攻

故事消逝了,和弦散了,那天发生了什么
当艾米丽迷失了她的曲调,长久地
我凝望着我的北美河流查尔斯河

看着它冻结,解冻,颤抖,从一种光到另一种光
它一直在缓慢行进,耸着肩膀,你与其
向死者索要推荐信

不如问问穆尔德河，在它的档案中，何处可以找到艾
　米丽。

2. 尤西比乌斯

对舒伯特而言，一张乐谱就像对其他人而言的一本
　日记。

——罗伯特·舒曼

今天早上，查尔斯河是惊人的金属蓝，
和不锈钢板或枪管一样反光，到了下午
它暗淡成白镴色，然后失去了光泽，

就在夜幕降临之前，变成磨损的银色
如果这是一封信，它是写给谁的
船桨在水面刻下易朽的文字

如果这是一本日记，它记录了什么
它抹去的多过保留的，一种秘密的文字
汽车在斯托罗大道沿着河堤飞驰

河流舔舐着麻木肿胀的河岸
也许它在试着说话而不是写作
替代的句子。我们现在该向谁求助

那个在周日黄昏散步的影子人
没带钱包。监控录像拍到他

走了出去,一片模糊。我们怎么知道

他的脉搏里流淌着音乐。他不需要
身份证明。四周后,作为尸体
在掠过的船桨旁浮上来时

他也没有身份证明。你不会知道
我们是怎么知道那是哪座桥梁,哪座码头
哪片泥泞的河岸

为什么同样的主题不停地重复,
但总是在不同的灯光下:"凌晨三点回家;
激动的夜晚,舒伯特不朽的三重奏在我耳边回响——

可怕的梦,"年轻的法律系学生罗伯特·舒曼写道——
("罗伯特·舒曼讨厌规则")。影子人
再也没有从那个星期天的散步中回来

这是钢琴独奏,发出颤音的水
涓涓细流汇成小溪,当优西比乌斯,那个悲伤的人,
用沉重的声音斗篷把溺水者重重包裹

3. 内　脏

心灵的花招,没办法回家
父亲早已去世,母亲虚弱而悲伤
香槟之夜,他用卷雪茄机强化手指

致使右手残废,肌腱遭受折磨
(为了掌握艺术,我们还有什么不愿做的呢?)
罗伯特在雪茄的烟云中弹奏钢琴

受伤的手指渐渐无力,从键盘上滑落
一曲碎片和秘密符号的音乐
爱驱动着密码,螺旋菌驾驭着血液

你把爱人或者她所在城镇名字的首字母
当作音符,那里有一段旋律
在腾跃,游荡,但又渴望回家

在雪茄的烟雾中,他幻想中的朋友们逐渐靠近
("弗洛雷斯坦已经成了我的真心朋友,
他将成为故事里真实的我")。如何回归

他的哥哥死了,他的嫂子也死了
结核病和疟疾是双人舞
音乐就是回归,音乐是零散的碎片

音乐是金星,音乐是水星浸在药酒里
音乐裂成碎片,想要回归
却迷失在斯芬克斯守卫的黑白森林

手在象牙琴键上痛得蜷起来
"恐惧,失去呼吸,昏厥,忧郁"
"给自己找个女人,她会在一瞬间治愈你"

库尔医生说,"把受伤的手放在
屠宰动物的内脏里,或是浸在白兰地里"
只有克拉拉的手能理解他的手

只有克拉拉在他的手心里追溯着狂欢节
克拉拉从他的疼挛中释放了蝴蝶
克拉拉带他回到比记忆中的家乡更远的地方

4. 莱 茵 河

仿佛查尔斯河是莱茵河的支流
通过长期的学习和爱的行为,两个生命交融
学者的笔记与乐谱中的音符和谐一致。

直到那学者滑进了一种
人耳听不见的水的合唱
我便失去了他,"音乐像刀子

刺入我的神经,"舒曼在德累斯顿写道,
恐惧着死亡、革命、高楼大厦,和街上的噪声
旧日的爱的行为回流

像第三期梅毒("克莉丝托或卡塔丽丝",
来自香槟和疟疾肆虐的年代的日记)
《大卫同盟舞曲》冒泡了,因为克拉拉离开了弗洛雷
  斯坦

和尤西比乌斯。"舞蹈中有很多
结婚的想法,我会给你解释"
"经常弹弹我的《克莱斯勒偶记》,里面有一种

乐观狂放的爱,你的和我的生命,以及你的样子"
我记录下孩子们的出生,艾米丽的死亡
克拉拉在莱茵河畔田园生活后的流产。

我记录下德累斯顿的革命,向杜塞尔多夫的迁移
我记录下他们为了躲避喧嚣而在公寓间换来换去
我的笔记与街上的喧闹声和谐一致

"罕见的听觉干扰。"最为湍急的河流
风湿病,痉挛性咳嗽,又一次顺莱茵河而下的旅行
每天在莱茵河里洗澡

不要每天都在查尔斯河里洗澡
音乐超越了大街上的喧闹和嘈杂
超越了革命和对死亡的恐惧

我的双眼酸痛,我竭力要透过那个星期天的微光
看清那学者是怎么落水的,罗伯特写道,
"我的耳边不断回响着一支遥远的管乐队"

他梦见一个新的"大卫同盟",一种灵魂之谊
在这最深的河流中,那学者被任命为它的荣誉成员
隐没在淤泥、杂草和沿岸的黄色浮渣中

听觉干扰。"一个由天使口授的主题"
但第二天早晨却被恶魔、老虎、鬣狗所取代
爱的行为以音符的形式返回。他把手帕留在

莱茵河收费站作为抵押,然后从桥上一跃而下
"自由而孤独",罗伯特抄录了
小提琴家约阿希姆的座右铭——自由而孤独

渔民把他拖了出来,嘉年华的小丑把他送回家
可怕的梦,影子人
再也没有从那次漫步中回来。波恩的精神病院

那天到底发生了什么? 我们怎么知道
他创作了乐曲片段,"别忘了我"。
他烧掉了她的信。他迷上了地图

船桨在查尔斯河的水流中追踪着秘密文字
我的手沾染了污渍
她在他的床边坐了两天,肺炎将他拖走

"有看不见的文字",他写信给约阿希姆
"将在以后出现,我现在要结束了,天黑了。"
最强大的河流并非在大地上流淌

最强大的音乐也不在人类的耳中。

四十二街

人行道向黑暗的地下室楼梯裂开
你可能会跌进啤酒桶、纸箱、蜘蛛网和木板中间
经纪人和破产的人

在街上穿行。金合欢树叶在空中旋转上升
如同一群金色的飞鱼。而后我们看到
它们在街沟里被捣成稀粥

图书馆的后室，老旧的木质目录卡
倾斜着，吐出舌头
一座被地震摧毁的城市倒空了思想

就像大理石大厅里的木制电话亭
等待着幽灵
传递来自另一个世界的消息

外面，木板哗啦啦掉落在人行道上
一辆卡车在坑洼上咣当作响，液压制动器
发出刺耳的嘎嘎声。汽车沙沙驶过倒闭的银行

朝东进入早晨，四十二街
一条刺眼的、镀镍的商业街。
整夜，水在卧室的墙里发出嘶嘶声和漱口声

我向"我们的孤独圣母"祈祷
然后,把沙克蒂①的平装书
《自我转化的灵性指南》

连同洋葱皮、甜瓜皮、茶包、鱼骨,
和无可挑剔的孩子们的节日照片
一起扔进了垃圾筒。

---

① 沙克蒂·高文(Shakti Gawain,1948—2018),美国自助类书籍作者,销量
已超过一千万册。

间奏曲，钢琴独奏

那些调皮的音符，下降，反转，
整个乐曲把自己倒过来倒过去。
你的手指找到了自己的路，随心而动
（柔和地）从一片灌木丛到另一片灌木丛，
（伤感地）记录在指纹的软组织中
何其贫乏的音符，何其丰富地串联起来——
就像你的吻（渐弱地）重复着自己
从时辰，日子，连续过渡，但从不相同。
现在你已离去（渐弱地），未完成的行板
游荡在我的脑海中。夜晚漫长，
子午线的夜，沙哑。我现在明白了，
纯洁只是经验不足的结果。
下面的街道上，少年们（渐强地）咒骂到天亮，
在街灯下练习口交，贴在墙上。

反 教 皇

我喜欢想象古老的分裂派教皇，
本笃十三世，阿拉贡的佩德罗·德·卢纳，①

被所有曾向他致敬的国王抛弃；
他在阿维尼翁的宫殿

被他的老朋友法国人围困了五年；
十七名红衣主教在一夜之间离开

而他悄悄溜出后门，进入西班牙；
受谴责，被逐出教会，拒绝辞职；

不承认除他以外的任何王室或教宗权力；
与犹太人争论，严厉迫害他们；

殁于九十五岁，孑然一身，躲在佩尼斯科拉岛
一座山崖上的堡垒里，仍然绝对正确；

几个世纪后其骨骸在内战中散落。

---

① 本笃十三世（Benedict XIII，约 1328—1423），1394 年至 1417 年担任反
教皇。在天主教大分裂（1378—1417）期间，罗马天主教会因争夺
教皇宝座而分裂，他在普罗旺斯的阿维尼翁就任，与罗马在位的教
皇分庭抗礼。

只有空洞的头骨保存下来，

坚硬，受过圣膏，发出
持久的自尊的磷光。

乘船赴基西拉岛[①]

1

运河沿着码头拉扯着它的内衣，

来自水的腰部的肮脏花边拍拂着石头。

昨晚的塑料瓶、泡沫盘子和果汁盒

在波浪的疲劳中颤抖。

水上出租车咕噜噜洗漱和清理喉咙。

又一艘贡多拉从河堤启航

载着又一船追求美的朝圣者。

夜在月光下的巷子里举行假面舞会，

日光把它融于钟声的铿锵。

婚礼的客人们宿醉难消，他们的丝衣皱巴巴的。

一只海鸥刺戳着被它杀死的鸽子的心脏。

在这里，没有一首情歌你不曾听过一千遍

在狭窄的运河上，在桥下，在剥落坍塌的砖墙上；

没有你找不到的渴望和背叛的姿势

一个圣人挤在大理石花环下的壁龛里。

沙露餐厅升起，寒冷而洁白，在黄褐色的水面上，

纪念瘟疫得以免除。城市在下沉。

---

① 基西拉岛（Cythère），爱琴海一岛屿，位于伯罗奔尼撒半岛和克里特岛之间，以对维纳斯的崇拜而闻名。法国画家让-安东尼·华托（1684—1721）有一幅代表作名为《乘船赴基西拉岛》。

2

她的主人给了她一件孤独的工具
她把它擦亮,打磨锋利,直到
她准备把它交给另一个学徒
然后,作为回报,从其身上吸血。

3

藏在死野猪的喉咙深处,他从餐厅的墙壁上凝视
风帆的羊皮纸花瓣从栗子树上飘落
铝制桅杆上的索具与盲人杯底的硬币一起
发出叮当声,粘在假护照的照片下面
阿芙洛狄忒雕像的大腿间,阴影变厚
静脉注射的化疗药物滴滴答答
黑墨水弄脏了作家的指甲
闪烁在每一个血渍斑斑的威尼斯玻璃珠里
写着孩子气的感谢信
为了不受欢迎的、渴望的、恐惧的、被误解的礼物。

土方工程

致弗雷德里克·劳·奥姆斯特德①

Ⅰ . 阴 影

生命的道路是奇妙的;它依靠的是放弃。

——爱默生,《圈子》

在冰冷的晨光下,梧桐树们

伸展着肱二头肌,耸肩,展示着

宽阔的蛇纹臂膀,欢呼"万岁"

或者是"救命",或者洒下更多的阳光

疾病在皮肤下的洞里聚集起来

弯曲着胳膊肘。我们被教导说疾病有诗情画意

"空洞的树干,枯死的手臂,下垂的树枝,"

吉尔平先生②写道,"辉煌衰败后的

---

① 弗雷德里克·劳·奥姆斯特德(Frederick Law Olmsted,1822—1903)与
  卡尔弗特·沃克斯(Calvert Vaux,1824—1895)设计了纽约市的中央公
  园。奥姆斯特德也是卫生委员会的第一任执行秘书,该委员会系民间组
  织,成立的目的是救助内战战场上的伤员,它后来成了红十字会。诗中
  有关奥姆斯特德的生平材料参见劳拉·伍德·罗珀(Laura Wood Roper,
  1911—2003)的传记《FLO:弗雷德里克·劳·奥姆斯特德传》(1973)。
② 威廉·吉尔平(William Gilpin,1724—1804),英国艺术家和作家,诗中引
  文出自其著作《森林风光》(1791)。

壮丽残余。"还有其他恶作剧

发生在树木身上,它们把自己的影子
像旧干草叉一样甩得很远,刺穿冻土,
移动五百万立方码可怕的

石头、泥土和表土,来建设一个
公园,公园,中央公园
中心思想就在于所有的——

流浪汉、花花公子、顽童、被解放的奴隶、亡命徒
绅士和女士、站住不动的、跑得快的、瘸腿的——
都可以来,都可以被吸引来,彬彬有礼,也许

一派和谐。民主
是我们流动的空间。阴影回到
哈特福德的房子,白天

拉着窗帘,母亲裹在被子里,
不再呼吸鸦片酊的绝望
小男孩在床边几乎无法呼吸

树根从硬土中升腾,形如龙卷
榆树、挪威枫、针橡树、蜜刺槐、山核桃
一簇簇一丛丛的秘密从下面扭动着挣脱出来

母亲躺在变形的黑暗中

基岩、云母和片岩为核心，上面散落着
被冰川侵蚀出的黏土和砾石，

布满了有岩浆探索并冷却的花岗岩岩脉
"2月24日至3月12日期间的费用没有记录"
商人父亲写道，"2月28日星期二

下午五点半，我亲爱的妻子去世了。"
次年4月——"结婚，10美元"，影子
把一个又一个孩子压进"地球之书"的

页岩书页。夏洛特四岁，麻疹；欧文两岁，
艾达六岁，胆汁性溃疡，"她的呻吟和哭泣
令人心碎"，年轻的弗雷德

阴影的选集编者写道，"艺术的伟大原则，
在于光与影的广度"，乌维代尔·普莱斯爵士①劝
　　告说
他的眼睛不应该

"被细小的分裂、不和谐的部分所阻挡和困扰"
民主不是细小不和谐的部分，杜鹃花
映山红、石楠、枫香、香料灌木、白蜡树、

---

①　乌维代尔·普莱斯爵士（Sir Uvedale Price，1747—1829），英国18世纪90
　　年代倡导"风景如画"景观理论的核心人物。诗中引文出自其著作《论
　　风景如画》（1794）。

木兰花、西伯利亚榆树,"本质"
普莱斯说,"在于关联。"奥姆斯特德和沃克斯
将台地和草地、山丘、山谷、岩石、

水库、湖泊和小溪、东西、南北、上下
以小路、道路、车道和桥梁连成环形
用最坚固的花岗岩建造,其跨度

可以跨越约翰弟兄的死亡,
代笔人、知己、同志、最亲密的灵魂
被远在法国南部的肺结核窒息

"亲爱的,亲爱的弗雷德,看来
我们再也见不到面了,
我迷上了鸦片,我不能理解

这种突发——但我明白,我没有呼吸了
你活着的时候,可别让玛丽受苦。"
普莱斯:"暮色将会连接起

以前分散的一切;它将填补起显眼的
贫乏的空缺;它将摧毁锐度;
凭借阴影就如同光凭借水

增强它的辉煌和柔和",暮色融化了
蛋白石和珠母,在水库的另一边
委员、老板、求职者、最初的市民

记者和银行家们沉默下来,细浪
发出嘶哑的声音,吮吸着蓝冰的边缘
野鸭把翠绿的脸颊窝在翅下

飘进梦乡,当阴影遮住了榆树

Ⅱ.屠　杀

没有什么比形式更易逝;但它从不完全否定自己。
　　　　　　　　　　——爱默生,《历史》

在那里,泥浆在褴褛的山坡上摆脱霜冻的掌控,
在那里,柳树在蓓蕾的狂热中变得模糊,在那里
菲比霸鹟掠向"弓桥"托梁上的泥巢

歪歪扭扭的小木屋、猪圈、屠宰场、煮骨棚
内脏沉入沼泽,鲜血冒泡。"霍金领着我穿过
肮脏的泥沼,满是黑色油腻的黏液——一个务实
　的人"

奥姆斯特德,新到公园工作,负责监督
一个穿着城里人衣服的文人来指挥黑帮
一份对排水的热爱。"致中央公园

委员会,绅士们
公园排水应该达到何种程度?
通过什么形式的排水沟? 在什么深度?

这个地方特别需要彻底的排水

地面之下四英尺的陶管

我很荣幸成为你们

非常顺从的仆人。"对阿萨·格雷①说："场地崎岖
　不平

几乎没有一英亩平地或斜坡不被岩架

阻断，董事会处理不了，无法胜任而且很可能

会任由荒谬的事情发生。你非常忠实的"

不过，把约翰的遗孀玛丽抱在他的怀里

无异于捧着一片满是甜美嫩草的草地，无异于采集

柔软如马鼻子的山茱萸花瓣，压在他的脸颊上

无异于把约翰吻醒，再吻他入睡

他会照顾约翰的孩子们，（查理的眼睛不好，

夏洛特长了疖子）玛丽怀孕了

仆人全都是妖婆，爱德华·坎普②，

《如何布置花园》："要避免的东西——

各种怪癖，各种虚伪，

规划方面的极端正式或规律性……

要实现的东西：简单，连接，对称，

---

① 　阿萨·格雷（Asa Gray,1810—1888）,19 世纪美国著名的植物学家。
② 　爱德华·坎普（Edward Kemp,1811—1891）,英国景观设计师和作家。

以蛇形实现不同曲线的多样性，
还有空地、远景、凹地
和地面上的起伏……"在床单的骚动中

他和玛丽躺着，简单，连接，隐秘
在起伏和不同的曲线中。婴儿在肚子里踢她
他起身去公园里巡逻，"亲爱的父亲

我已把公园纳入了一项重要学科，一个完美的
系统，像一台机器，一千个人在工作
健康良好，只是有些乏力，偶尔会崩溃"

伤寒，疲惫，国度消耗的神经能量
婚床是草地吗？"效果的统一性"
公园是战场吗？ 审计官不会付钱

去填补新桥的缝隙，石墨供应中断
他的马惊了，马车撞坏了一根柱子
玛丽和婴儿被抛了出去，奥姆斯特德撞在岩石上

他的左大腿骨从裤子里支棱出来，鲜血冒泡
煮骨棚，猪的尖叫，婴儿死于霍乱
奥姆斯特德在热病中漂浮，在那里，泥浆

摆脱霜冻的掌控，1861 年 4 月，萨姆特堡陷落
木兰花被压碎在中央公园的淤泥中
"一件伟大的大众和民主作品"，军队集结时

奥姆斯特德在华盛顿,臭气熏天的运河边
屠宰场毗邻纪念碑,宾夕法尼亚大道一片泥沼
白兰地,烟草汁,新兵招募,只有壕沟

当作茅坑,"那时我们知道,我们必须征服
奴隶制,要么就被它奴役"
弗雷德里克·劳·奥姆斯特德,1861 年,民主

是我们流动的空间,民主
是巨大的分裂、不一致的部分,民主
吐唾沫和吹口哨。"士兵们的着装

全凭个人随意,带遮阳布的帽子和草帽
红衬衫,肮脏而懒散,"奥姆斯特德写道,
卫生委员会的秘书,坏血病,疟疾,痢疾

林肯"穿着刚从地毯包里掏出来的
廉价肮脏的法国黑布西装",清理营地
在布尔溪,空地、远景、洼地和起伏

在那里,绿色的军队在芥末黄的小溪边相撞
一整天都在跳双人舞
马匹淹死在迟滞的水中

太阳从草地上吸血,鲜血冒泡
煮骨棚里,男孩们躺在过大的外套里
躺在甜美的嫩草中,肌肉很快就会摆脱

骨头的掌控,野餐的人逃跑了,他们的篮子被压扁,
他们的瓶子被砸碎,马匹嘶鸣,效果的统一性
大腿骨支棱出来,民主将采取

一个非常大的设计——

Ⅲ. 战　壕

美必须回归有用的艺术。

——爱默生,《艺术》

——一个非常重要的设计,如同叶绿素
　　在常绿橡树叶子的细胞中脉动
军队风车般穿过弗吉尼亚,来来去去,

1862 年的夏天在动乱中诞生
　　一个戴军帽的鬼魂穿过中央公园,
下垂的胡须,憔悴的脸颊,飘逸的斗篷

他征用并装备了这些医疗船
　　他走进一座弧形桥旁边的阴凉处
他在月桂树丛中闪动了片刻

然后潜入茂密的绿色,摇动白色花朵
　　他那虚幻的蜗牛脚印在淤泥上闪耀
仿佛奇克哈默尼河流到了中央公园这里

麦克莱伦①（那个漂亮禽兽）赶着他的手下

　　他的十万新兵去攻占里士满

让他们蹲在污泥和雷暴中

他发着疟疾在"七棵松"睡觉

　　在声影区，侦察兵搞砸了，将军们错失了

他们的线索，桥断了，卫生总监没有发放，

药品、帐篷、补给，而奥姆斯特德在工作

　　"直到凌晨四点，都在持续发烧，

和衣睡在沙发上，早餐是咖啡

和咸菜"，守住工事，当南方联军

　　涌进来，风景如画，普赖斯说："各种

土壤的色彩，地面被树根和树干，

被一簇簇灯芯草，和大石头破坏，

　　部分被空气染白，部分被苔藓覆盖。"

就像尸体慢慢沉入壤土，那"缺少形态，

不成形的笨重外表"，我们不能称之为美

　　奥姆斯特德跪在甲板上，怀里抱着

一个垂死的人，有两百名病号和伤员

在开往纽约的丹尼尔·韦伯斯特号上，一千一百人

---

①　麦克莱伦（George Brinton McClellan, 1826—1885），美国军人和政治家，
　　也是一名工程师，1861 年美国内战爆发时被任命为少将，在进攻里士满
　　的战役中被南军罗伯特·李将军击败。

在海洋女王号上,"他有女人的机智",

沃姆利小姐①写道,"也非常精明,举止安静"

清洗船只,用火车把尸体拖下半岛

　　拖向码头,尸体就是工事,紧紧抓住它们

车厢里,生者、垂死者和死者乱七八糟地躺成一堆

每个人都吞咽着另一个人最后的呼吸,断续的呻吟

　　还有腐肉和滴落的粪便缓慢散发的恶臭

在堆叠的黑暗中,一周死了三万人,弗吉尼亚消失了

在莫尔文高地,"这不是战争,这是谋杀,"南方邦联

　　丹尼尔·哈维·希尔②写道,哀鸽

在中央公园高耸的银色山毛榉上哼着安魂曲

而榆树,正如吉尔平预言的那样,接收到大量的光

　　如此费尽心机,要把灵魂留在

一个小陶罐里,一具尸体很容易被砸碎

它嘴里叼着某人又脏又硬的脚跟,眼睛里

　　插着另一个人的拳头,土方工程和战壕

像多年前弗雷德的学徒灌溉渠一样坍塌了

①　沃姆利(Katherine Prescott Wormeley,1830—1908),美国南北战争中的一
　　名护士、作家、当时最著名的翻译家,译有巴尔扎克全集等。内战期间,
　　她在美国卫生委员会中与奥姆斯特德一起工作,该委员会是联邦军的志
　　愿附属机构。
②　丹尼尔·哈维·希尔(Daniel Harvey Hill,1821—1889),邦联将军,曾在
　　美国内战中指挥步兵。

在奥农多加农场，雨水形成冲沟

　　淹没了花园，每天晚上他都阅读

厄普姆①的《内心或隐秘生活的原则》

现在玛丽守护着新生婴儿，一把精致的黏土，

　　玛丽恩，面孔扭曲裹着一叠毯子，而奥姆斯特德，

追踪着 1863 年到维克斯堡②的火车和船只，"地板闪

　　闪发光

满是烟草汁和苹果核""富丽堂皇的酒店"

　　"最惨淡的美国骗局"，在默弗里斯博罗③，田野

烧焦，树木扭曲变黑，死马在腐烂

从开罗到孟菲斯沿河而下，美女号

　　喘息着穿过荒地，维克斯堡上方的格兰特④营地

大堤上两排长长的坟墓，秃鹫在空中飘飞

在玫瑰和黄茉莉花上，嘲鸫用颤音鸣叫

　　"奴隶制的影响，"奥姆斯特德写道，"具有普遍的

破坏性。"交叉水流上，阳光的刀刃

---

① 厄普姆（Thomas Upham，1799—1872），美国哲学家和诗人。
② 维克斯堡（Vicksburg），位于密西西比州，内战期间，1863 年 7 月 4 日，在为期 47 天的围困后，邦联将军约翰·彭伯顿宣布投降，加上前一天罗伯特·李将军在葛底斯堡的失败，标志着内战进入了朝着有利于联邦方向发展的转折点。
③ 默弗里斯博罗（Murfreesboro），位于田纳西州，1863 年 12 月 31 日，联邦军和邦联军在该城附近进行了斯通斯河战役，敌对军队总共伤亡 23 515 人，按伤亡百分比计算，这是内战中最血腥的战斗。
④ 格拉特（Ulysses Grant，1822—1885），美国军人、政治家，第 18 任总统。1863 年领导维克斯堡战役。

在变幻的眩光中刺向眼球,格兰特"身材矮小,
　　安静、温柔、谦虚,有敏锐的常识",
他提供了一艘轮船来运送伤员。7月4日,

维克斯堡投降,葛底斯堡在喘息和惊愕中结束
　　我们塑造了一个形式,称之为国家
我们不知道需要多少血来填满这个理念

或者是用谁的血,用鞭子还是用剑,或者是通过
　　怎样交叉的路径,丢失的和几乎不记得的地图
或者需要石头和一钵血浆,才能坚守的工事

公园把我们聚集在七月多汁、悠闲的梦中,
　　沿着弯曲的小路,赤膊嬉戏,暗中交易,
手牵着手,推着婴儿车,在甜蜜的汗水中发痒

高处,浓密的树叶在战栗,拖曳着它的黑暗
　　它平息了枯萎病,一只淡蓝色的气球
在上升气流中颤抖,行屈膝礼,渐渐飘走,消失,
　　解脱——

Ⅳ. 洼　地

……无限遥远的相同状态……
　　　　　　——爱默生,《友谊》

——自由地得出他自己的结论,漫步在

山楂树、柿子树和紫丁香之间

他设计的目的是为了

迷失自己,这样别人才会迷失
自己,断绝"堕落的

追求和残忍的

欢愉",他在工余时间逶迤而行,
暂时摆脱了新公园的草图、备忘录和订单,

摆脱了他父亲

徐缓的垂死,摆脱了坦慕尼协会①和《公园的战利品》,
他踢开落叶的对开页和它们

低语的讣告

小路下沉之处,可能就是地狱,那高大的阴影,
林肯,他终于看到了

他的"坦率、勇敢和直接"

---

① 坦慕尼协会(Tammany Hall),美国政治组织,1789 年 5 月 12 日注册成
立,民主党的主要地方政治机器,在控制纽约市和纽约州政治方面发挥
了重要作用。

那白蜡树旁的颤动,灌木丛中的沙沙声,欧文,
他的儿子,死于二十四岁,空气中一股寒意,一种铁
　　腥味

一个早早降临的黄昏,有如枝条

脱落,纸页飘到地上,他的数千张郁郁寡欢,
耗时费力的单张,"行距很宽,以便他在行间书写

校正,以及校正的

校正,直到行间、页边,甚至纸页背面
都挤满了他潦草匆忙的手迹"。神经痛

失眠,他的"不切实际的

坏脾气和急躁的大脑"从来也不遵循直线,俱乐
　　部——
世纪、联盟、周六俱乐部——,《国家》编委会,

筛入堆肥

花岗岩壁架把潮湿印入他的手掌,公园的脊梁,
一块岩石,有自己的宪法,自己的修正案,它只是

部分支持他的设计

他的工作"到处受到拦阻、扭曲、损毁和滥用——
一种羞辱",树枝被剪掉,道路

穿过草地,"作为一个民族

我们如此痛苦地沉浸于这种过分唯物主义的目标",
沉浸于一个又一个公园,布鲁克林,波士顿,布法罗。
　他站在树荫下,

这个善于交际的人

置身于社会之外,大脑在峡谷和洼地皱起,孤独
得到了完美。他为迷失的灵魂塑造了一个形体,

那隐秘的生活,难民。

一个幻想,不为
妻子、儿子、侄子、名望、医生或公司未来所企及,

超出画家的视线

他把他视为胡须斑白、仁慈的资本家杜鹃花圣人①
痴呆症有其自己的天赋

---

① 参见约翰·辛格·萨金特(John Singer Sargent)1895 年在北卡罗来纳州
阿什维尔的比尔特莫尔所画奥姆斯特德肖像,该庄园场地设计是奥姆斯
特德最后一个主要项目。

他试探了一条小路

通往深深的石缝，然后消失，他几乎没有打扰
那一堆落叶。我们不会认出他，但当我们的季节

变暗，我们依然走在

他为我们划定的清静之中，而梧桐树
在我们头顶用会意的手指编织出一片云的华盖

葬　礼

教堂里,你躺在一口敞开到你腰部的棺材里
仿佛正在一座翻倒的售票亭里,
为一场神秘的演出卖票。你秃顶的圆颅
光滑的脸颊、圆圆的眼睛,和模特般的下巴
都像是被帕米贾尼诺①凝固成了理想的形状。
你,生前笑得欢快,现在却沉沉入睡。
你写完了教案,交了所有批改过的作业。
你把双手安静地叠放在胸前
捍卫着你的期末评估。我们拖着脚走过
但你忽视了我们,你也忽视了花束
忽视了牧师宣布天堂是一所养老院
有很多职位空缺时的狂笑。墓地里,他们把你封上。
承办人用手帕轻拂你那闪亮的红木棺材。
抬柩者献上红白康乃馨。祈祷继续,
随后终于停息。我们把棺材留下
搁在绿地毯的支架上,悬在墓穴上方。
我们不想看着你下葬。一列火车轧轧驶过
沿着石墙和一排橡树旁边的乡村墓地,
一节又一节的货车用痛苦的肺部喘着粗气
拖着长长的、飘带一般的哀号。

---

① 帕米贾尼诺(Parmigianino,1503—1540),意大利画家,"矫饰主义"或"风
格主义"流派的主要画家。此派艺术家由于在技法上注重对文艺复兴
大师的模仿,从而显得矫揉并过分富于装饰性。它于16世纪20年代最
早出现在罗马和佛罗伦萨,到16世纪后半叶蔓延至整个意大利而影响
到欧洲其他地区的艺术发展。

无意中听到的李斯特

倒着时差,半失眠,我躺在一座
外国大学的昏暗塔楼里,钢琴音符
在旋梯上波动而上。这里是中世纪,
拼接着文艺复兴,拼接着维多利亚末期。
我过着移民生活。现在,一把小提琴
戏弄着钢琴,一把大提琴对着两者喘粗气——
定是有一群观众在镶饰板的大厅里紧绷着前倾的
　身体。
已经有多少年了,我把一首为他人而作的音乐
听了一半? 栗子树在夜风中耸起肩章和饰带。
黑郁金香摇曳。一个琶音跌下楼梯。
你的脸涌现,熟悉而陌生,它的历史
由一位只在黑暗中工作的老大师所描绘。

阿西乐特快[①]

童年被铿锵的速度所征服,当火车
穿过昏暗、潮湿、雾气笼罩、被水浸泡
被锁住和封闭的过去的海边风景——
从我故乡的车站一掠而过,模糊的名字
难以辨认……只有在你的怀抱里,我才能醒来。
城市在我们下面发出刮擦声。两股潮流
彼此冲撞,东河与自己争斗,
它的矛盾被塞进太阳划破的漩涡。
在这里,在你的丛林植物,你雕刻的黑蛇,
羚羊角、鹿头骨,小雕像和石头旁边,
我们陷入了另一种数学
虚数和自然数交配
产生新的空间,抛开铺盖,
银色的光线竭力透过脏污的玻璃。

---

① 阿西乐(Acela)是一条由美铁经营、在美国最大都市圈所在的东北走廊
路线上行驶的动力集中式高速铁路列车,从华盛顿特区至波士顿,途经
巴尔的摩、费城和纽约。名字来自英文"加速"(acceleration)及"卓越"
(excellence)两字的糅合。

晨　歌

黎明时分,银色明胶勾勒出窗扇的精细轮廓

但早晨却把盲目的眼睛转向我们,我同样

看不到你,睡眠像法老一样把你网在蜘蛛网里

后来我们在冰原上散步,踩碎每一面镜子

沼泽地里的杂草相互抚摸

金属般的水坑一无所现,甚至我们的影子

我的影子问你的影子,迷路的孩子在哪里

马勒说,不要把柔和的声音交给双簧管

只能交给某种怪兽般的乐器,它必须奋力挣扎

超越其自然的界限而低语或嗡鸣

我们超越了我们的影子,我们在寻找那个地方

在那里,当被冰切到手时,光会哭喊出来

可我们找到的却是红色革质菌,皱缩在衬裙里

那是灵芝,可以用它烹出治病的茶

但是我们放弃了,把它留在梗上,空手而归

渴望着夜晚,热切地期待着

另一个黎明

D 小 调

渴望驱使着他们,仿佛每一次亲吻
都有什么东西逃逸出来,咸涩的东西
碰到了他们的舌头,仿佛每一个吻里都留着

未被满足的渴望,仿佛《克莱斯勒偶记》①的
主旋律,逃开了裹着毛毡的
木槌的每一次敲击,只是

飘浮在幽灵般的双手中
在键盘盖倾斜的夜晚中反射出来
仿佛春天不是在白昼的花瓣中出现

而是在午夜出现在芬芳的丁香
那令人晕眩的白色中,不是
看的白色,而是让人感受与沉浸的

于是他们尝了尝,又错过了
仿佛在公园的砾石小径上,
一个孩子的寻宝地图

---

① 《克莱斯勒偶记》(*Kreisleriana*),舒曼 1838 年的一首钢琴独奏曲。

飘动在它掉落的地方，
准确记录着方向，无人读过，
无人碰过的宝藏，永远无法企及

粪 便

夜宴上,土狼们沿着山脊唱约德尔①。
破碎的星光散落在雪地上。
风把山的剪影打磨成
一把黑色的刀刃。溪流
与锁肩的冰搏斗着:紧紧抓住上面,
在融化的山腰以下,踢松,混合起大腿的光芒。
像一个疯了的珠宝商,天空突然抛出
散布的群星。我们的梦是复数的,
我们整晚都在一堆毯子下面守护着
彼此的热度,被水声震得半聋。
白天,我们检视那些遗迹;
土狼的粪便,小熊的足迹,还有一只猫头鹰
咳出来的灰色干球:粗麻布一般,多刺的
头发和骨屑,那些难以消化的东西。

---

① 　约德尔(yodel),用真假嗓音交替歌唱。

罗 马 式

清晨：浓烈的烹饪气味在街上飘荡。

洋葱放弃了抵抗，肉滋滋作响，一把金属勺子

在盘子里叮当。我们已经在这里生活了八百年，

我们依然饥饿。古老的苔藓啃啮着石头。

我们找到了如此激烈的爱的方式。

每个人都有一个恶魔，雕刻在石灰岩中，在教堂里
   蠕动：

"绝望"与"奢侈"——缠在藤蔓中，骑着狮子，张着
   大嘴。

这些善于用干草叉刺进肚子里的行家。

你看见我眼中漏出的光。我看见你转身。

在龛楣上，基督勉强保持着平衡

在他的杏仁火锅里，圣灵降临节的火焰

向左右两侧的使徒们猛烈喷射，

他们被微波炉加热了。他们正要进食。

在市场上，我买了莴苣，带有褶边

呈扇形展开，彩虹一般缤纷，

像洛可可小教堂一样——巴达维亚、塔兰泰拉、

冰雪女王①——阳光抚摸着每片甜香的叶子

直到它颤抖并说出各种方言。

---

① 巴达维亚（Battavia）、塔兰泰拉（Tarantelle）、冰雪女王（Reine des glaces）
系三种莴苣名称。

绣 球 花

花园最深处,高居于陶罐宝座之上,
绣球花神在调查他的仆从们
淡紫色百子莲低垂着星暴的脑袋,
红色紫葳的花萼在鼓吹他的名声,
夹竹桃的叶子在窃窃私语他的恶行。
中间那条小径直接通向他。后面,
一面脏镜子和生苔的墙支撑着他的权力。
成千个皱巴巴、白色的小念头在他心头涌现
边缘起皱,互相重叠。没有其他人
能运用这种拜占庭式的形而上学。没有人
能读懂他的心思。只有他记得
柏树旁边孩子们的秘密堡垒
在杂草丛生、生锈的水桶和倾倒的灰烬之间,
当夜幕降临,大人们呼唤的声音有多么困惑。

橙　子

在克里特岛的阳台上

睡了一夜,我醒来

看见屋顶的剪影滑过

遮住了一颗玻璃般闪亮的星星。

石头房子在颤抖,阳台

在我的睡袋下像马一样抽搐

准备把骑手甩下去。但屋顶

又颤抖着回到原位,露出那颗星星。

一块土瓦掉落。然后安静了。不同于

一个囚犯讲过的故事,关于他诗里的洞口——

"那是在一家酒吧,

前一分钟他还站在那里,下一分钟,

他就倒在了地板上,流着血——"

这一切在他的诗都没有说。

另一个人死了。那个季节,在克里特岛

我正在我所知道的一切中寻找洞口。

我黎明起身,带上奥古斯丁的《忏悔录》和橙子,

坐公交出城,去高山牧场和羊肠小径远足

伴着羊铃的叮当,睡在地上。

我以为群星会告诉我一个真相。

我背下的石头硬邦邦的。一头羊蹑足而来

在我的脸上吹气。不过,我没有什么,

要忏悔的。上帝是一个大概念

179

远得可怕。黎明时分,群星
渐渐暗淡,我僵硬地醒来,饥饿又兴奋
沿峡谷徒步八小时,走进一个
我还不知道的故事。

红帽幽灵

——这些满帆下的卷心菜,这些古老的墙壁
被常春藤和紫藤的泡沫所窒息:

在我人到中年,腰围尚可时

我却记得

自己在挨饿。
我不知道为什么。

我练习做一个幽灵。
　　我曾经是个女孩,我以为

一个人就是这样
　　成为女人的。我住在村里
　　在意大利,它风景如画,我却没有

那般诗情画意。那就是计划:
我啃着变味的面包,在葡萄园和橄榄林漫步,
在扭曲的树下给洋蓟画像,
　　背诵彼特拉克,我变得

　　如此消瘦,成了一把炫目的手术刀

插在我白色的新裤子里。

老祖母在角落里悄悄地咒骂。
她的家人不理她。他们也不理我。
我背诵更多的彼特拉克，买了一顶深红色的宽边草帽。

　该拿这个女孩怎么办呢？

她学会了在干旱的漫长诅咒里生存。
她拥抱陌生人，他们依然陌生。
她画静物，它们依然静止。
她梦见自己参加了苏荷公寓的社交聚会
　　一只盘子上装饰着香芹的主菜
　　是一个女人赤裸的躯干，肚皮朝下，烤得酥脆
　　滚烫。

她寻找一个神圣的罐子，小火苗忽明忽暗。

生孩子是一条路。握着垂死男人的手是另一条路。
她用适当的仪式，把小动物葬在后院。

　这就是世代：水和火
　产生了松节油，与泥土
　结合，从矿物的耻骨区

　　和煮沸的蔬菜灵魂中孕育出色彩。

如此浸淫，我居住的这片土地，

　　　在雨中如此汹涌，

屋瓦竖在苔藓里，紧密交织或呈羽状，密布着孢
　　子——

墓地充满生机：地衣、忍冬、玫瑰。

　　玻璃下发霉的小照片。

敌人相互和解。

　　　　连绵的世纪穿过石灰岩裂缝。

今天早晨伊迪丝出现在街头

　　给我带来《世界报》和《两世界评论》

　　还有一包新鲜的山羊奶酪

然后出发，在雨中，驱车前往多尔多涅。

第四辑

《启程》（2003）

卡珊德拉

不要说出那个词, 安慰

无论在哪里, 当灿烂阳光猛烈地照射悲哀①
没有人

会听见, 只有那个盲乞丐
从一个房间蹒跚到另一个房间

在穹隆里, 低语着, 拥抱每一个坛子
它们还有待填满

以一个尚未点燃或烧焦心灵的故事

① 此句译自意大利诗人乌戈·福斯科洛（Ugo Foscolos, 1778—1827）的名诗《墓地哀思》。

希腊头像

致德里克·沃尔科特

她身处两个世界,面纱吹过半张面庞:
头发盘成浓密的风信子花冠,一只
露出的眼睛一片空茫。如何使大理石漂浮
像薄纱,像海雾,掠过额头?
头巾下,白日梦在悸动:

        清晨的伤口
被那匹脱缰的白马撕开,它狂奔着
穿过两条公园车道,冲上中间的草坪,
雷霆使腰部和弓起的脖颈血肉模糊
当车流涌过,像一条双重的银河,
两个黑色的小身影,举起双臂,
在车道路肩上乱闯,挥舞着绳索。
我们是孩子,依偎在后座上
我们的车在加速。那马是一颗彗星,
鬃毛和尾巴点燃细雨蒙蒙的白昼。

我们乘着疾驰的汽车消失了,我和我的兄弟,
四十年消失在烟气和镀铬层的急流中
它夺走了童年的房子、谷仓和丘陵起伏的田野,
星期天下午缓慢流蜜的时光
咯吱作响的地板,蜷缩在房梁节孔里的蜘蛛,

还有驾车半神们对我们的告诫
以及前座圣所里无法理解的对话。

马的眼睛从血淋淋的眼圈中鼓起酸奶的白，
大如槌球，因恐慌而毛细血管暴突，
但也闪耀着快乐的火花
看到它的世界如此宽广而迅疾地流过。
很明显，它很可能会受到可怕的伤害。
它很可能会伤人。
　　　　　　在希腊头像上，
半张脸冻结在空洞的凝视中。
另外半张是正在变成风的石头。

到　来

（波塞冬，《伊利亚特》卷十三）

就是那样，一位神明从萨莫色雷斯的峰顶
降临：惊醒的注意力将他激起，于是
三大步他就迈到了平原，如同橡树根须摇动
巨石在悬崖的面孔上猛然倾斜，呕吐下来

沿着它松垮的碎石下颚：就是那样，一位神明降临，
第四步就轰鸣而至，到了他所居住的水域
埃伽伊，那里，满是水草的深处，他的宫殿折弯
太阳的光线：他披挂起金铸的铠甲

将太阳锤打成的光耀的牵绳紧紧系上
金鬃的骏马，鞭子如同泡沫中的一条金色抛物线，
战车在粼粼的波浪上搅出一道强光：
就是那样，一位神明到来，就是那样，悲伤将至

在任何一天，任何平常的时刻，我们只看到
空气中一种奇怪颤抖的光辉
像是偏头痛的预兆；没有人能看到
后来，就在这样的闪光中，黑暗如何降临。

塞浦路斯人

（菲尔贝塔卡帕①诗，耶鲁，2000 年）

我们几乎可以看见她
据说她是从海湾某处升起的
从海沫和乌拉诺斯被割掉
并抛出天庭的
生殖器的血液中。

我们几乎可以看见
她一定是坐在半抱着海湾的
岩石长臂上
看见她如何用扇贝壳梳理头发中的海藻

然后在盐光和鸽翼的骚动中升起
去恐吓大地。
眯起眼睛，我们几乎可以相信
正如我们几乎可以看见的那样

---

① 菲尔贝塔卡帕(Phi Beta Kappa)，全美大学优等生荣誉协会，1776 年由约
翰·希思等在弗吉尼亚州威廉玛丽学院创立，该协会名称以"philosophia
biou kubernetes"这句希腊文里每个词的词首所组成，意为"智慧是生活
的指引"。它是全美最古老最负盛名的学术精英组织，鼓励思想自由，
对优秀的大学本科生给予荣誉认证，历史上有 17 位美国总统，41 位最
高法院大法官，140 位诺奖得主被选为成员。

在内陆,在帕福斯,她的神庙
矗立在破败的大理石地板上
在柱子和畏缩的橄榄树中间
当地平线在薄雾中颤抖

远山试图以柔软模仿女性的身体。
但是在那条海绵般的道路对面
一座博物馆的小棚屋里,我们的眼睛
不太能适应那里的昏暗,就是在那里

她出现了,我想,是不是在
突然的抽气声和慌乱的脉搏中,她在表示:
不像人们原本想象的那样,
根本没有身体,没有女性特质,

不是希腊人,甚至不是神所应有的人形,
而是那块未经凿刻的黑色垂直的玄武岩
刺入意识
独自在房间里悸动,

只是一块石头
基座上,一块可怕的石头
在希腊人赋予她名字故事形体之前
他们已经崇拜了诸多时代:

一块我们用塞浦路斯硬币付费的黑暗中的石头,
为了它,我们仍然紧握着

小小的纸票,掌心潮湿。
当我与你的搏斗

最为激烈之时,当我们
分开躺在床单的拼图中
直到黎明洗去了夜晚的凝块,我们仍然分开躺着:
这时,她就在那里,她支配一切——

她拥有许多名字:
海洋女神;泡沫女神;神圣的
带冠冕的乌拉尼亚,戴着黄金宝石的手镯和戒指;
黑色梅莱娜;黑暗斯柯达;

男人的杀手;掘墓人;墓上女人;
光芒远射的帕西法厄萨;
以及我们为之牺牲的她,
阿佛洛狄忒·阿波斯托菲亚,

那个拒绝了自己的她

诗歌朗读

（"满手的百合花"，《埃涅阿斯纪》卷六，883 行）

这是他们握在手中的一个承诺。
羽毛在幽灵般的羽冠上摇曳。
罗马是一块铁在眼中闪光，
剑柄上的一次抽搐。沿着漫长的大道
穿过淤积的阴影和苍白的漏光
未来在高视阔步。权力，
父亲在低语，权力仅限于
大地的边缘，天堂的周界。
和平的艺术，法律的统治：
都城，引水渠，军团，马戏团。
混乱被锁在神庙里。丰富的宁静。
在这样的爱里，你已经献出了自己。

可是那个年轻人是谁，脸色苍白
顶盔贯甲，额头昏暗
黑夜紧蹑其后，
碾碎的百合花的气味，一片伤痕——

朗读在这里中断了。

皇帝的妹妹陷入歇斯底里的泪水,①

庇护者和文人们解散了。

仆人们清理杯盏,浅浅的蛋糕盘。

而埃涅阿斯攀回日光之中

通过假梦之门。

---

① 当维吉尔给屋大维及其妹屋大维娅朗诵诗时,读到关于屋大维娅之子青
年玛尔凯鲁斯的诗句时,屋大维娅晕厥过去了。

图尔努斯

(《埃涅埃斯基》卷十二)

不是狮子,不是风,不是火,不是祭祀的
公牛,不是力量和筋骨如神一般强劲,
甚至不像是雄鹿,西尔维亚温柔的雄鹿
驯顺,鹿角高耸,被他腹股沟

甜蜜的血液所浸透,那特洛伊箭矢射中的地方——
没有野兽,没有比喻,图尔努斯,只是一个孤独的人
当你的膝盖发软,你转头回望
那座灰蒙蒙的城市,那个眼眸低垂的少女,

你已经倒在了一边,长矛
穿过空气低语出它唯一的信息。
当你说话时,他似乎更愿意听到,
是树林,是附近阴影笼罩的山顶在回答

而更远的地方,他们的话语是一声呻吟
为了失去的世界,叶子的光芒,童年的小树林
小溪在琥珀色和绿色中结结巴巴地吟唱。
如果他停手呢? 如果他的剑悬在

你的胸前? 就在这里,你在诗中撕开了一个洞,

一个心灵的洞，就在这里，黄褐色的光芒
从燃烧的船只和火葬的柴堆中升腾，紫罗兰色的闪光
从少年的剑带上升起，在一片模糊中翻腾。

我们被血液一样循环的意义困住了。
剑落下了。杀死你的他不是一个神话，
也不是一个城市。他的眼睛搜寻着你的眼睛
那可能是一个恋人的眼睛。他为之战斗的是爱。

启　程

（来自马克斯·贝克曼和圭多·圭尼切利）①

"我只能与那些人说话——"

无言，无声，那个丰腴的女人
被绑在倒挂的死人身边

站在舞台中央，一手持灯，
将煤油灯的光洒在行进的乐队上。

那是爱神丘比特，黑暗的侏儒，在勒紧她的绳索；
这是艺术，这是爱情，那是古典的

舞台拱门形式。这是德国，1932 年 5 月。
"——只能与那些人说话

他们在内心中有意无意地携带着——"

你想买中间那幅画板，莉莉，但是

---

① 标题来自马克斯·贝克曼（Max Beckmann, 1884—1950）在纽约现代艺术博物馆的同名三联画。这首诗拼接了意大利诗人圭多·圭尼泽利（Guido Guinizelli, 1240—1274）《爱总是藏匿在温柔的心中》的诗句和贝克曼的语录。

你不能单独拥有那幅

它的一边永远会有一个被绑在柱子上的男人，
双手被砍掉；永远会有
一幅静物画，上面是手榴弹葡萄和一个女人
跪在挥舞着一袋铁鱼的行刑者面前

　　　爱总是藏匿在温柔的心中

而你将永远——不是吗？——发现自己
在那个被虚弱而危险的灯照亮的昏暗楼梯间里摸索
一边拖着绑在你身上的，你全部错误组成的尸体，
而鼓声像泰坦的心脏在搏动和颤抖

　　　爱的火焰在温柔的心中点燃
　　　就像光在一颗珍贵的宝石中燃烧

还有另一种浪漫，里面的女人和男人
活活地被绑在一起，头脚相对，绑在一条大鱼身上
每个人手中都拿着对方的仪式面具
当他们扎向灿烂的、吞噬一切的海洋

　　　当星光照在水面
　　　天空却保留着那颗星辰和它所有的火焰

这通常被称为爱。不，你不能
只买中间那幅画板，那位国王和王后

在他们敞舱的船上欢乐而强大,那婴儿呼唤着自由
装满鱼的渔网在幸福的丰富中闪烁

"——那些已经在内心中,有意无意地,
携带着一个类似的玄学法则的人。"

因为划船的人被蒙住了眼睛
因为戴着王冠的渔夫背对着我们
因为那艘敞舱的船
还没有从我们的海岸启航
也不会启航,在我们活着的时候。

淤　泥

致约翰·沃克①

它不像"淤泥"和"血液"押韵那么简单②

　　像欧文③在他的《辩护》中做过和正在做的那样

　　（"我也从泥土中看到了上帝"）。

或者是粪便和"创作"④

　　这样的一种押韵，比如

　　在"沃克的创作"中，他

做过和正在做的那样

　　通过泥土，淤青的肉，色素，光泽

　　从记忆的沟槽中压出的油：

"上帝"当然和

　　一切押韵。这还不足以

　　将湿黏土（"是因为这个

黏土才长高了？"）在画布上铺开：他不能

---

① 约翰·沃克（John Walker，1939—），英国画家，被称为"近50年来最杰出的抽象画家之一"。

② 淤泥（mud）和血液（blood）押韵。

③ 欧文（Wilfred Owen，1893—1918），英国诗人和军人，1915年参加第一次世界大战，任步兵军官，曾两度负伤，最终在战争结束前一周阵亡，被称为一战最重要的诗人。此处引用的诗句出自其诗歌《抒情诗的自我辩护》。

④ 原文为 feces and "fecit"。

埋葬父亲们,叔叔们,

　　儿子们,他们在持续

发芽,他们的词语蠕动("男人们去了

　　卡特拉斯①,当白昼

　　破晓"):我们的词语,他的

词语:阿尼林,琼斯②,这种

　　表面的沸腾,我们不能

　　拥有。死者不属于

任何人,他们过着自己

　　多蛆的生活

　　被那个矮小的羊头士兵观察着

被从画家脑袋里爬出来的父亲

　　被想要变成灯笼和十字架的

　　画架观察着。

---

① 吟游诗人阿尼林(Aneirin)所著威尔士语诗歌《高多汀》(*Y Gododdin*),从同属布立吞人的威尔士人的视角记录了一个叫高多汀的布立吞人王国在盎格鲁-撒克逊人的围攻下覆灭的故事。公元 6 世纪时,入侵的盎格鲁-撒克逊人在不列颠建立了伯尼西亚王国(Bernicia),高多汀派出三百勇士去偷袭卡特拉斯据点,但他严重低估了敌人据点的规模,结果不但葬送了这三百精锐,还招来了伯尼西亚的怒火,以致都城艾丁(Eidyn)随后在公元 638 年被盎格鲁-撒克逊联军攻破。

② 琼斯(David Jones,1895—1974),英国画家和现代主义诗人。作为画家,他主要以水彩画创作肖像和动物、风景、传奇和宗教主题。作为诗人,艾略特和奥登都把他的诗歌列为他们那个世纪最好的诗歌之一。琼斯的诗歌从基督教信仰和威尔士传统中获得形式。

索姆河？1916年7月1日，男人们走了，①

　　男人们想要：所有的人都去游行

　　哪个世纪？第六世纪？

威尔士人在卡特拉斯，死了三百人：一个数字

　　一首歌。谁的胸腔

　　张开裂口？谁的数字渗出

在岁月的壕沟里？这个画家

　　来得太迟了。他举起

　　他的豆荚圈

在一片泥泞的天空中，他悬挂起

　　黑色的脚本和圣礼的

　　帷幕。（一个

公爵夫人批准了。她喜欢

　　爱情和战争中的

　　明暗对比。）油漆工带来了

一条项链——不，是一串

　　人类肾脏的念珠，光滑

---

① 此处涉及大卫·琼斯的史诗《括号》，该作品于1937年在英国首次出版，得到了叶芝、艾略特等作家的钦佩，奥登称其为"关于第一次世界大战最伟大的书"。它根据琼斯自己在第一次世界大战中作为步兵的经历写成，讲述了英国二等兵约翰·鲍尔在一个英国—威尔士混合团的经历，从英格兰登船开始，到七个月后的索姆河战役结束。这部作品混合了抒情诗和散文，具有高度的暗示性，语气从正式到口语和军事俚语不等，它贯穿着文学、历史和圣经的典故，如《高多汀》等，象征性地将索姆河战役与卡特拉斯的灾难性失败联系起来，浪漫的典故远非对战争的"浪漫化"，而是呈现了战争可怕的力量。

而脏污。它不像
"淤泥"和"血液"的押韵
　　那么容易。这些词语不属于
　　任何人。(这不是我们

想要的。不是我们想要知道的。)

给伯纳德·切特的问卷调查①

瘢痕会发光吗?

物体能从地球的曲面上滑下来吗?

海能像一堵宁静、不变的珠母墙那样立起来吗?

(我们能看透那堵墙吗?)

阳光之剑能劈裂岩石吗?

暴雨能形成等腰三角形吗?

花园能卷成一只刺球吗?

(那是第一个花园吗?)

俯瞰时我们失去了天空吗?

我们在这里安全吗?

你在骨折中找到赞美的动机了吗?

你还记得和平的承诺吗?

(你签名了吗?)

---

① 伯纳德·切特(Bernard Chaet,1924—2012),著名艺术家和教育家,在耶鲁大学任教近四十年,作品丰富多彩、充满活力。

查尔斯河岛

凭借那个新夜的第一个学者(克拉肖)①

走着心中那条破损不堪的小路,穿过
侵袭心灵的黄昏,一步一步小心翼翼地穿过背街
经过停着的车辆和垃圾箱,经过三个街区来到
跨越高速公路的人行天桥的混凝土斜坡,四车道
川流不息的车流,踏着阴影和倾斜破碎的光线

我的母亲凭借啤酒瓶找到她的路,越过涂了泥的
特洛伊人,穿过落叶腐殖土,顺车道而行,紧捂着
她的夹克。人行天桥将她抬起,越过闪烁的车流,
把她轻轻放下,放在树木中间,在那里,她是一个孩子
在交叉的树枝,和微风编织的叶子的辫状物之中。

她摸索爆竹柳银绿色的叶子,她试探爆竹柳
树皮上深色的凹槽。这树有个秘密。它的树枝
朝着大地倾泻,我的母亲停下,从她迟钝的肺中
舒出一口气。刀形柳叶划破
她的指尖,皱纹累累的树皮

---

① 引自英国玄学诗人克拉肖(Richard Crashaw, 1612—1649)《在上帝荣耀的主显节:由三王所唱的赞美诗》。

释放出比白内障更加隐秘的隐私。
但是从叶簇间瞥去，被划成条带状的河流，
拖曳着它银光的货物流淌
她继续前进，经过椴树和海棠树丛
沿着柏油路，那里有自行车手、慢跑者、轮滑手

着迷于以各自不同的轨道俯冲
伴随她的脚步。她有条不紊走到她的长椅边，
待在那里。她坐得笔直，受困于
艰难的呼吸，面对黄昏的河流。
在她身后，声音繁杂。在她面前，水流

将闪光的围网抛向远岸，没有分界线在她的视网膜上
留下瘢痕，只有偶尔的桨橹或帆船拂过
她的视野，像一道加速凝聚的光芒。
她坐在那里，泰然自若，而流变不定的查尔斯河
驶向港口，驶向更远的，看不见的大海

直到黄昏降临，将她拥入怀中。

E. W.①

你发紫的,羊皮纸前臂
嵌着一个静脉注射针和阀门;
你的胸长出了心电图导线;
计数和脉搏的藤蔓

拥挤在你头顶,
镶有宝石的屏幕上:氧气,
心率,肺功能,体温
把你栽在床上——

大母神,暴躁易怒,脆弱,
转动数字命理学的藤蔓
每一次辉煌的翻涌
都会将故事扭曲,

将你转移进另一种生活
灿烂,超越了我们自己:
回到这个世界吧
我们熟悉它的纹理——

要回你的眼镜,

---

① 指诗人的母亲埃莉诺·克拉克。

费力地穿上衣服，
倚靠着我慢慢走进
这黑暗的夏天

在那里你将再次找到
你的呼吸，斥责浪费的夜晚。
在我们上空，卫星们眨着大眼。
欢笑。纷纷现身。

消　遣

去吧,我对自己说,厌倦了笔记本和不情愿的笔,
去给新移植的醋浆草和小茴香浇水,
它们在新的腐殖土和更大的陶罐里嫩枝勃发;
去给艾蒿、鼠尾草和矢车菊浇水
它们是经典,多年生,并承诺将紫色和银色的光环
撒遍我们斑驳的后院
因为夏天即将从贫瘠的土壤中归来。
然后我会回到室内,回到
黄色拍纸簿上抄写的字句,

她的话
是我想不出的,
它们把我判决:

"有些事情我宁愿
　　　忘记——"
　　　　　(什么事情?)"只是,

一些事情——""亲爱的,我
　　　找不到自己了——""你这是
　　　　　在哪儿?"

如果她,出于怜悯,忘记了

或是不知道,我将永远记住,
我如何删除这些
我后来抄写下的信息:按下
电话答录机上的一个按钮——

以及,如何带着残忍的
乐于助人的精神
我曾经发问:

"你不记得了吗?"

还给她一个事件的花园
她无法保留、浇水、照料的花园
它将很快死去,死在她的手上。

夜 猫 子

我想读给你听
　　科莱特关于她母亲的故事
她一遍遍地呼唤她的孩子们
　　在勃艮第葱郁、半荒废的花园中
而孩子们躲在松树上
　　干草仓库里，在沼泽和田野中四处游逛：

于是我们坐在那张瘢痕累累的橡木桌旁
　　那是爸爸四十多年前
黏合、钉牢、打磨和上漆的
　　让科莱特的紫藤抓住我们
（她称之为百年老藤）
　　就像它曾经抓住并扭曲了老旧的

花园铁门那样，在那个故事中
　　一切都在崩塌却又在抵抗——
门，石墙，大片下垂的
　　丁香树丛，孩子们青一块紫一块，划伤了，
流着血却自由自在——我们坐在下午，
　　坐在她的词语中，紫藤，水房，紫色，

引领着我们。两年前
　　你还能听懂散文。科莱特的母亲
继续呼唤，当黄昏降临在

那座花园,"孩子们在哪儿?"他们的一桩
罪孽,科莱特说,就是沉默。

她母亲的手臂被面粉染白了;她摇晃着

沾有血迹的包肉的屠夫纸
　　一边引诱她的猫们,一边呼唤;当她知道
自己要死了,就定制了一件葬礼用的
　　袍子——长款,带兜帽,花边领——(故事里
没写这个)然后
　　写信给她的女儿,"想想我竟然可能会死掉

却没有再见你一面"。我们喝了茶,
　　在词典里查了法语词"水房",我们
合上书,把科莱特的母亲
　　留在那里继续呼唤,"孩子们在哪儿?"
并且与黄昏达成了某种和解
　　当它聚集在侧柏树篱之中:

我削胡萝卜,你喝红酒,
　　我的孩子们踏着重重的脚步进来——
吵闹,没有流血,饥饿——
　　而科莱特在巴塔克兰俱乐部
跳着"夜猫子",没有,真的没有
　　去探望茜多(她的母亲),她的心脏衰竭

持续衰竭,但依然
　　在蹒跚前行;而你并没有理解为什么
今年春天我会再次尝试

花园的故事。没关系。至少我们
是坐在一起,当着又一个
　　黄昏筛落,让我们的声音变得柔和,

而在八月末,科莱特
　　离开爱人、剧院、写字台和猫,
"整整三天",去看望茜多,她的心脏,
　　三周后,停止了跳动。葬礼上
没有女儿,科莱特
　　也没有穿黑衣。那些孩子仍在游逛

散漫,狂野,伤害着自己,而我
　　固执地坐在距离你几英里远的
我自己的花园里,在侧柏树篱旁
　　它被上个冬天的雪撕开了一个大口子,
回忆着科莱特,并再次
　　在我们之间举起一本书:

"房子和花园依然存在,我知道,
　　但是何用之有? 如果魔力不再,如果
它们开启的秘密早已消失无踪——
　　阳光,气味,树木与鸟儿的和谐,
现在已然被死亡所压制的
　　喃喃低语———一个我已不配拥有的世界。"①

---

① 这节系法国女作家西多妮－加布里埃尔·科莱特(Sidonie-Gabrielle
Colette,1873—1954)《克劳迪娜之家》中《孩子们在哪儿》一篇的句子改
编而成。科莱特 1948 年获诺贝尔奖提名,她也是哑剧演员和记者。

明　喻

就像她的朋友,那位出色的奥地利滑雪选手,
她经常给我们讲他的故事,他如何不得不面对
他的第一次奥运跳台滑雪,
从上方的起跳斜坡开始
滑道陡得令人头晕,它的底边
消失在视野之中,他从那里凝视
天边的阿尔卑斯山脉在他周围涌动和摇晃,
像浴缸中的一些玩具船
尽管决心坚定,
训练有素,心怀勇气,他却无法
把手指从起跳门的栏杆上松开,以至于
他的队友们不得不一拥而上
把他的手指一根根撬起来
让他把手松开,就是这样

面对死亡,我的母亲
紧紧抓住床栏杆,但依然
直视着前方——而
那是谁,最终
让她松开了
双手?

后 记

那个人用手提风钻凿开早晨的表面
然后把它大块堆放在路边——
那个人把绷带从天上扯下来
于是天空又开始流血,在树木之间的缝隙里——
那个人拿着吗啡瓶微笑低语
"那里,那里"(我认为她曾是死亡天使)——

  *

黑色池塘上铺了一层冰膜
像是青光眼,但是水涌出来
超越冰层,超越石头,
超越杂草丛:哦,新的季节
在半结冻的泥浆中闪烁着暗色
你映照不出
任何东西——

脚下,
橡树叶柔软,褪色,潮湿,
手掌向上——

头顶,云朵碎裂
在枝头颤动

在褴褛的天空中

*

是的，他说，双腿大大分开，
我能让词语跳圈，单爪站立，
在空中旋转尾巴

这是训练的问题

这是一种职业
即便不是一种信仰

*

"我告诉女儿
是时候去临终安养院了——"
"我就是'女儿'——"

*

在她的房间里
租来的病床，空着，只铺了
半边（现在谁会睡在
那些床单上？）；电话
沉默；牙刷和假牙
人造大理石洗脸盆上的一幅静物；

她的洗脸巾在毛巾架上慢慢变硬；
购物清单，纽扣，护照，零散的钥匙
躺在抽屉后面法老的黑暗中
已经等待良久：
                          就好像
她日历上未来一天的空白栏
斜躺在她的桌子上

  *

我的日子快如飞梭

于是她飘浮在红色的
扶手椅上，于是她的舌头
在她的嘴里找不到巢穴：

于是她的脚踝肿了，于是
每一次呼吸都诱引出
一声呻吟，从它黑暗的洞穴：

于是她倾身向前，握住我的
双手，说："你的手
很凉——"又说："请——请——"

哦，请记住我的生命是一阵风

我们是浮雕中的希腊人物

两个女人彼此俯就
跨越

虚空：不是大理石，
而是光，把我们吸引到一起，
把我们分开，雕刻

我们的轮廓
以这个永远重复的夜晚为背景
它将随着每一次呼吸

而湮灭：没有任何大理石
能够铭记
正在消失的影像

如同云彩燃烧殆尽，归于乌有

        *

"妈妈，你呼吸困难吗？"
"不，是思考困难。"

然后，她在椅子上动了一下：

"让我看看——如果我能看到的话——
怎么让事情容易一点儿——如果
任何事情都可以的话——

是时候结束这一切了——

我看不到——我看不到要做什么——"

*

白松林中,花岗岩的石壁旁,
一圈烟黑色的石头。烧焦的棍子。灰烬。
碎玻璃如同亮片在压实的泥土中发光。
松针——褪色的黄褐色——飘过空地
空地很小,很隐蔽,离主路很远。
我们站在这里,我和狗,感到窘迫
似乎闯入了某人的房子。
不过,某人很久以前就搬走了。
寂静吸引着我们。微风徐徐
轻抚着还没有迎来春天的光秃树枝。
这时,一只哀鸽试探性地叫了一声
用我们的静止试验它的嗓音
直到它结结巴巴,将我们从咒语中解救出来,
于是,我们穿过树林,走上回家的路。

于是,整个部落
从地球的记忆中消失。

萱　草

整整六天，它们放开喉咙，
用带斑点的舌头赞美光明
用门廊楼梯旁寂静的喧嚣：
戴纹章的仪仗卫兵举着号角
依然在宣示那些人的来临
他们已经多年未曾涉足此地
但是他们曾经停下，选择

这一片斜坡种植一大片萱草：
用鹤嘴锄松土，把石头和土块
抛到一边，紧紧夯实
一团团的沼泽土，让新根扎住。
于是，萱草发出铜铃般的曲调
并把它掷回太阳
广阔的聆听。于是，那一对儿

种植鳞茎的人站在原地，听见了
那号角般的寂静。我们也听到了它，
站在这里，迎着夕阳
当那些裂开的、光洁的花冠倾泻出
它们的荣华。但是花瓣已经
枯萎，从每一个皱缩的结节里
垂下一团纷乱粗糙的

音符,缩成一张音乐的胎膜。
伸出你的手掌：你同样可以
掬起阳光,盈满那些缺席的
花朵,或是触摸到那一对人儿
敏捷的手臂,他们躬身于此,
用铲子刮擦和筛选着泥土
放在一个石头的花圃里。

星形维纳斯草

致多萝西娅·坦宁①

逐渐变细成为焦炭
灯芯寻求圆满
超越肉身：
一个醒自光明的卵巢，
一个来自垂死的恒星。

---

① 多萝西娅·坦宁（Dorothea Tanning, 1910—2012），美国画家、版画家、雕
塑家、诗人和作家，1946 年与马克斯·恩斯特（Max Ernst）成婚，生活到
1976 年恩斯特过世。此诗系给坦宁同名画作的配诗，可参照画作理解。

选自安妮·薇薇恩的日记①

I

当阿克泰翁的狗扑向他自己，

他喊叫（他叫出来了吗?）——挥动

他的手臂发令，它们把他的手

从手腕处撕掉，撕破外套

把他的肠子从肚子里掏出来，撕裂

他喉咙里的叫声。

我们就是这样认识了一个神，当事实

扑向最柔软的内脏，我们知道

神就是我们无法改变的东西。你

站在我身旁，当我苏醒，睁开眼睛，我看见了

---

① 安妮·薇薇恩（Anne Verveine）是本书作者虚构的法国诗人。她于1965年出生在滨海阿尔卑斯省的马加诺斯克村。她从未上过大学。她在巴黎过着低调的生活，避开文学界，在一家小型艺术图书出版社担任排字工和设计师。她在期刊上发表过几首诗，但没有出版自己的诗集。她最后一次被人看到是在2000年8月搭便车去乌兹别克斯坦，推测她已被绑架或死亡。安妮失踪后，她的姐姐在她巴黎的小公寓里找到了这些诗歌手稿。这组诗的最后两首收录在罗桑娜的诗集《红帽幽灵》中，为了阅读的完整性，将其合并于此。罗桑娜自己很重视这组诗，认为以另一种人格和声音写作有解放之感。

我已经看见了,可是已经
太迟了：只见你

站在门口,微弱的电灯光在你身后的大厅里
呈扇形展开,而我的房间和狭窄的小床沉浸在阴
　　影中

这是我无法改变的东西,遥远地
我渴望着你,而且,同样遥远,

我听到了群狗,正在吠叫。

II

然而喷泉仍在消耗它自己,
正是从它失去的

澄光之中,我们似乎
汲取到快乐：

你将手伸入它流水的发辫
把水洒在我的额头,我的唇上。

花园众神目睹了我们：三位宁芙
腰身上沾满苔藓,一个鼻子扁平的羊怪。

伤口在水中完全愈合

围绕着你的姿态,将其抹去,

只剩下微光,迅速
在我的脸上干燥起来,回想起

我们如何打断了
那完美、冷漠、热情、永恒的

水往低处流的理念——
而它,与我们不同,将永远不停地更新自己。

III

我亲吻了一团火焰,那正是我所期待的。

那些日子,你用火作画。橘红色,金黄色:
只有朝圣者才能穿过
那堵熔化的玻璃墙。

而净化
是可以设想的,即便
无法实现,只能在多年以后,

在秋天,在比你更猛烈的火焰中,
虽然经血还沾在门槛上
我们的还愿品是肮脏的——起泡的皮肤屑

贴在俗气的祈祷卡上——我们都不知道
这个行动的目的,除了
不经意间,我们每个人,都被烧伤

我们认出了那木烟的
气味,灰烬在沉闷的空气中
形成的缓慢漩涡;

我们,各自以秘密的方式,准备
这个季节所需要的礼物。
我的礼物乃是这样的场景

年轻的我在你怀里,
眼睛在你的眼中,紧紧相拥
为了把对方放走——当我瞥见

你的快乐背后,是恐惧;恐惧背后
是愤怒;并在一闪念中
知道某些礼物中

隐藏着一个更大的礼物。
我一直保存着它。现在我准备把它还给
更为昏暗的火焰

在这个秋麒麟的季节,热切的杂草,
还有野胡萝卜,裹着灰烬的披风。
然而,我站着,多么笨拙,多么愚蠢。

多少人永远不会燃烧。

IV

而如果你应该回答呢?
在我认识你之前,有很多年,我倾听风
哀鸣着穿过我童年村庄上方高高的多石的牧场;

我呼吸薰衣草和百里香,荨麻烧伤我赤裸的
双腿,它们刮擦在蓟草上,然后揉搓
疼痛的皮肤,直到它变得更红。我们

一起走上高地的时候,你烧伤了手
我吻了变红的荨麻疹。"我们是欲望之主,"
你说哈菲兹说过,

而我相信了你,我们确实如此。
在你国家的地毯上,胭脂红来自
捣碎的昆虫,胭脂虫;橙黄色

来自蒸煮的番红花雄蕊;天空
和喷泉池的靛蓝,来自数小时数小时,
浸泡的槐蓝属植物的叶子。"就像天使哈鲁特①,"

---

① 哈鲁特(Harut),哈鲁特和马鲁特是《古兰经》2:102 中提到的一对天
使,他们通过在巴比伦教人类巫术来诱惑人类,是伊斯兰传统中天使经
受考验并可能失败的例子。

228

你说，"我们身处爱欲的灾厄之中。"
那天使被锁住颈项和膝盖，头朝下，吊在巴别塔的深
　　坑中
因为坠入了爱河。你的地毯

诉说着不同的故事：猩红和橙黄
像在伊甸园一般绯红，上帝
在酒、火焰、郁金香和凡人眼中的光中显现。

整夜你抱着我，无眠，躺在石屋我童年的小床上；
整夜风呼啸着穿过峭壁和扭曲的橄榄树，
它们高高矗立在百里香和山羊粪的气味中。"整夜，"

哈菲兹唱道，"我希望黎明的微风会怜惜相爱之人。"
但黎明的微风是死亡的天使。
现在你有你的远方，我也有我的风景：

风在抱怨，我听不懂它的言语。
如果你应该回答呢？
你，十年之隔，身处不同的风中。

"我们身处灾厄之中，"哈菲兹唱道。"但请讲述
吟游诗人和酒的故事，抛开时间。时间
是一个无法用技巧解开的谜。"我们应该

像珍珠一样把词语串起来，你说，充满感激的天空
会把昂宿星团撒在我们身上

尽管我们看不见,尽管那是很久以前。

V

地毯不是故事。它是一个场所,
交叉小径的花园,迷宫,
喷泉,水池和溪流。

仿佛织物在消失点撕裂
在有着灰色外墙和板岩坡屋顶的
街道顶端,穿过这个缺口

你走出自己的世界。
我已经失去了我的世界。
我们在一个撕裂的图案中相遇

我们把它进一步撕裂,扯着高高的经线,
紧绕在我们的手指上,直到勒进肉里
而里尔街①已经展开。

我了解那图案:那是我的职责,
在星图中安排其他人的字母
在合拢的书页之间的黑暗中发出磷光。

你从你国家遍地开花的弹坑中

---

① 里尔街(rue de Lille)位于巴黎第七区。

了解到了这种图案。

我们操着一种地球上没有的语言。

你慢慢移动,在阴影中,教导阴影
回响我的名字。你撕裂了我衬衫的领口。
是我曾经抱着的"爱人",在抱着你吗?

沿着地毯中央,河流
将一千道灰色闪光织进更深的绿色。
河流懂得哀悼;那是它的职责。

它实践了多少年?以如此迅捷的手指。今晨
一个男人把我唤醒,他在街上啜泣着诅咒着,
在人行道和排水沟之间晃来晃去。

在我灰色的长街,在我依然居住的里尔街。

VI

你死了,所以我写信给你。
我死了,所以我写信给你。
我们曾经吻过吗?影子飞机

俯冲下来,无声地撞击着跑道。
那场坠机没有碰撞。但是吻
真的消散在了

空气之中，幻影般的烟雾

从我的影子烟囱升起，整个下午

一寸一寸缓慢地穿过

邻居倾斜的屋顶

热气流从烟道中逃逸，将自己洗印成

可见的幽灵，一路飘向

凛冽的九天。

二月在屋顶上闪耀。

仿佛火是真实的。仿佛

心脏压送的是真实的血液。

VII

远方曾有我欢迎你的房子。

但在河流中

我们有了节拍，那里的水流再次

编织在一起，在石桥墩把河分开以后。

只要美在持续，它就会持续。

你相信灵魂吗？

从虚无撕裂出来的词语，湿漉漉地哭泣着。

我们在那里的山上行走，水

在我们周围倾泻，从泉眼涌出，翻腾而下

在小溪,岩石累累的激流,和一条长长的耀眼的瀑
　　布中:
你的吻是一种白兰地且同样苦涩。
我像水一样被倾泻出来。

在法语中,距离是阴性的。
我曾将刀架在一个男人的喉咙上,让他悄悄把血流
　　入杯中。
"我们"是什么意思?

列奥纳多的女士有蛇盘的发型:
你想要她。我想要你。
在城市河流上扭曲自己的冷冽阳光

给了我所需要的空虚之感
以便写下这些说明:悲伤
是一种烈酒。痛饮吧。我们都将被消磨殆尽。

下午五点

在"美景街",你可以从沥青路面
拔出反射的路灯脊梁。

午后的肉体松弛而卧,很可能会滑落。
手掌残疾的木槿,女贞,枯萎的牵牛花,杜鹃

已将它们的秘密交给
一月的雨水,湿透的薄暮,

交给一个伸长手指审问的季节,它祈求雪
却感到失望。于是它溶解了

树节,铝板,水泥堤岸,坡形门廊
化为涌动的床单,街沟的旋涡,白内障

沿着小巷楼梯流淌;于是它松动了
杜鹃的根,它们在装饰着花环的石头花盆中凋零

并淹没了石棺;于是前长老会的粗石教堂
在"美景街"和"南方街"的街角

宣告"波士顿现代语言学派"成立

在街头急流的漩涡和回流的排水沟中

将它哑巴了的扩音器夹在烟囱帽上
对着咕咕漱口的天空。

旅 行

在我们下方四万三千英尺，
新英格兰是一张灰褐色、磨损、蜕皮的地毯，
不时有一丝光亮，如同碎玻璃闪烁。

云朵像一缕缕祖母的发丝飘过。
伴随着庄严而坚定的战栗，
我们冲过浩大的天空。
我们正在向南飞行。

内层的有机玻璃，
将寒意传到我的指尖，我的脸颊，
被某人的手指刻上了锯齿形和长长的变音符号。
外层玻璃上有霜的象形文字，
有时像复杂的郊区路线图，
有时像一颗星星。
　　　　　机翼上，油漆
在炮铜色湿疹中起泡。

没有上栓，我的心
是一枚导弹
在任何意义上，都是在向着错误的方向飞去。

瞬　间

当你转向我——你在床上,带着温暖的睡意靠着
　枕头,
我穿过房间,拉上裙子拉链,套上长袜——
你如此平静,你问,

"那是诚实的回答吗?"

我们三楼狭窄的窗户外面
挪威枫树将奇怪的大拇指戳进天空
脱脂牛奶般的晨光漏在街上,
漏在前廊的台阶上,围绕着雪堆变脏的领口,
我梳妆台上维多利亚式的椭圆形镜子
反射出那一切,以奇怪的角度,屋顶、排水沟、烟囱
突进它周边的视野,

你的问题如刀割
如此锋利
干净利索,惊讶的皮肤一时不知道该怎么流血,

这种陌生感像是一种爱的形式,
停了片刻,我回答,

"不。"

茄属植物

突然间,再次看着那棵日本榆树,我意识到
你并不存在。不,不是在多年的

徘徊以后,你才出现在快照边缘,
以至于我将看到的只是一个男人

裁掉一半的侧影,被桌子上凌乱的盘子
摆满水果的碗挤到了边缘;不是在多年以后,

你突然出现在一个更远的房间,图书馆
或书房,在别人的公寓里,召唤,而后消失;

不是你在淅沥街灯下伫立的把戏之后
在深夜,让黄褐色的绿光凸显出你的眼窝

和你下巴的刀痕。我现在明白了:你曾是克里希纳,
　你曾是
阿波罗,暂时的。然后他们就离开了。

根据他们的本性。而彼得山①山顶附近的榆树
只剩下张开的树枝——大烛台,章鱼,

---

① 　彼得山(Peter's Hill),位于波士顿阿诺德植物园。

海草,套索在飘浮——仍然试图拥抱
那在树枝间闪避又逗留的浑圆的地平线。

去年夏天他们割掉了最长的树枝,那里的残桩
依然在向天空之外的天空打着手势。

走路回家,我看见美洲商陆橙黄色的浆果
抛光成了紫色。公园的血液沸腾了,

它在奉献自己的供品:有瘤的海棠果,深红色的
山楂果,带着皱巴巴的羊皮纸叶子,

致命茄属植物小小的猩红色丰饶角,
哭泣的落叶松,每一朵心脏流血的木槿花,

凤仙花,和小小的坚韧的万寿菊。当黄昏飘落,
火车的隆隆声和车流的喘息声围绕着山丘

扎紧束腰,那里,日本榆树画出一条逐渐消失的弧形
　阴影。
你不是在等待,懒洋洋地靠着公园的石头门;

你不是站在街边的椴树旁边。
迎接我的是两个顽童,一男一女,踩着某人停放的车

正在爬树。"我们刚刚滑下来,"他们解释道。

现在他们开始攀爬一个市政邮箱。小男孩

皮肤黝黑，女孩金发妖娆，鼻孔和上唇
因为鼻涕的热流显得粗野而鲜艳。

三 月 雪

它会那么温柔吗,像这缓缓飘落的
最后一片冬天的雪花,我们的离别?
我是说最后一次。我们想象中的那次
在医院的病房,昏暗的机器嗡嗡作响。
我几乎这么想。这里,在我的窗外
三月正缓缓走向消亡
当雪团从屋顶融化,落下
像松开的披肩从树枝上消失。
万籁俱寂。潮湿的街道冒着蒸汽。
今晨,孩子们的喧闹声此起彼伏,
他们猛劲梳着头发,套上额外的袜子,
随后,门砰的一声,他们出去了
进入早春柔软而虚幻的漂流,
他们的午餐盒摇摆着鲜艳的黄色和蓝色
衬着迟来的白色,小靴子踏出的路径
到了下午晚些时候,便会融入未来。

北　方

Ⅰ·飞越大草原

不是置身其中,而是越过
这些纷乱堆积的躯干
我们嗡鸣着,在飞机里银光闪烁
安全地按预定航线飞行

被束缚于既定方向:不是
为了我们,那些肩膀的
攒动,胸膛的颤抖
和密集的前臂,在那里

米开朗琪罗的凿子啃噬着
束缚带,组织和肌肉肿胀
不是为了我们,那些抛掷的
积云的大腿,绷紧的臀部,挺直的腰身

在泰坦的云震中
巨人们在那里争斗:我们
保持沉着,我们
抓紧杯子和托盘桌,只有震动

能将我们动摇——我们置之不理——

当天空猛然倾斜，

高高耸立，烧焦了它自己的

脑壳，在一阵阵

抽搐的闪光中。可以

观察。不可以

被卷进去，不可以

被触及。可以飞行

不是置身其中，而是越过——

Ⅱ. 河　流

如果它在北方平原青灰色的薄暮中闪现出一个信息，

那一定是苍白的，关于表面：光并不依附，

而是装饰和瞬间描绘出一种静止的流动

并迅速剥落，进入站立着的旁观者的脑海，

他们犹豫不决，在悬崖上

看着野鹅在小岛边摇曳的杂草中平稳地划水，

他们已经感觉到了，今晚的光辉将留在记忆中

当肮脏的水流将他们甩开，向夜晚流去。

如果你触摸我，我将像水一样流过你的指间。

Ⅲ. 家

那会成为洗礼吗，如果小河哗啦哗啦

用它众多的舌头口齿不清地发出我的祈祷
并让它们翻腾着流到

下游：那会让我动摇吗
让它们在苔藓垂挂的阴影中旋转，
让它们喷射溪流，奔腾

从瀑布到琥珀色的漩涡，超越
心力、听力、目力之所及？多么宽慰，
如果心灵持续地
从它暗淡的泵中喷出

更多的请求？只要它们与整体
与合唱的喧嚣融为一体；每一刻又有多少祈祷
随着这条溪流奔涌而下——

山的圣诗，麋鹿和狐狸的饥饿
山猫，海狸，箭猪，鹿的尿液；
在水獭牙齿间受伤的鳟鱼的血：

而在滑溜斑驳的岩石上
又有着怎样的诅咒，笑话，低语，怎样的啤酒，唾液，
或是从上游而来的汗水？这条河不会

得出任何结论，也不会提供答案：
就像现在，泡沫沸腾，或是在干旱、嘶哑的时刻，
它将每个隐秘的幻想与自身交织

并祈祷超越我们的言说，讲述它所知道的一切。

八月漫步

生有真菌的树林，和一场冒泡的雨。
水晶兰白色弯曲的手指捅破了覆土，
牛肝菌和墨汁鬼伞菌在潮湿中贪婪生长。
地衣将珊瑚色粘在潮湿的花岗岩上。
我们跟随一头雄性麋鹿的裂趾蹄印
你大步前行，我缓慢滞后；
你阅读着森林之书——冰剥掉的树皮，鹿的啃痕，
去冬凌乱的毛茸茸食鱼貂的足迹——；我心不在焉，
我在沉思。泥土踩上去富有弹性，苔藓堆
竖立着孢子。雨光颤抖而下。
伐倒的巨大枫树的树干上突然
长出了：巴洛克式的突出的眼睛，
嘴喙，前额，爪子，呈现病态
昏暗如同红褐色的罗马唱诗班座席。
现在脱离了麋鹿的道路，你寻找一座旧农场：
来自 19 世纪羊圈的石堆；
向内塌陷的地窖洞口；
曾经立着烟囱的地方已成一堆废墟；
门槛上，花岗岩门板旁边，
一簇被杂草窒息的百合发芽了
那是农夫妻子内战前种下的百合。
这条路是浅草中一道柔软的剖宫产伤疤。
每片雨水润泽的叶子都散发出一抹刺眼的绿。
在这里，某处，依然幸存着家的概念。

古 董

这些日子,这种情况不再发生,视网膜震荡
当他们中的一个悄悄经过,投出一瞥,

然后消失——我们被烧焦了
但还在呼吸。童年之后,

他们不再出现,但是
如果他颤抖着进入视野,

那另一个——轻盈的,小写体的库罗斯①——
如果他悄悄滑进这里的阳光,

那将是这样的一天:银粉
在树林里轻快闪烁

当风吹散薄雾和泼溅的雨水,
树皮点燃,桦树摇曳:他只能

---

① 库罗斯(kouros),古希腊青年雕像,这里诗人用来指代以非基督教的希
腊青年形象出现的神,诗的标题《古董》也源于此。诗中表现了爱的感
觉就如同被某种超自然的东西触动了一样。但诗人将想象中的神与人
类经验进行了比较,后者更受大地的束缚("我们在沉重中"),揭示了人
类之爱中的悲伤——爱给人一种结合的错觉,但这种结合不可避免地导
致"减法",孤独和再次分离。

步出最深的阴影。我们
有足够的黑暗供给他

光明吗？池塘那边，是青铜，一把
迈锡尼的刀，熔化的黑光，

将天空与水，将藤蔓和叶子劈开：
他将从伤口中，从网状

黑夜的核心升起。他知道
一把刀的重与轻，知道一个肉体如何

从另一个肉体脱落，两者同样真实，当他站在
他的雨、神汗和油光中。我们知道

这并不一样。通过拥抱——这是我们在沉重中
唯一知道的方法——拥抱

减法，在我们的怀里，每晚，听它大声哭泣。

田 园 诗

高高的花园墙围住了白天的球茎，
正午，我们坐在柏树旁的木椅上。
你已经译完了《斐德罗篇》。
高高的寂静笼罩着我们。墙外，
宪兵在另一个门口站岗，城市在咳嗽。
"为了言辞得当，"苏格拉底说，
"一个人必须通过大量的练习
调整他的话语，不是对人，而是对神。"
薰衣草散发出沉醉的香气，
还有柏树，那更为苦涩的气息。
宪兵手持轻机枪，扣着扳机。
他们疲惫，年轻，无聊。苏格拉底
经历了若干种疯狂才找到他的方法：
身体欲望的疯狂，诗歌的疯狂，
年轻人的危险在于
他们所有的诗歌都源自臀部和腰部。
有多少个夜晚，多少个白天，
我们在自己造成的伤害中
彼此寻找？在墙内，我们一言不发，
我们远道而来，坐在这座火山上，
它由古老的火山灰沉降层和沸腾的泥河形成。
城市则由岩石、血液、砂浆砌合的时间建造。
对话以苏格拉底对潘神的祈祷

结束：为内在的美，

为内在与外在自我的和谐，

为摆脱黄金的桎梏。

这就够了，此刻，不要说话。触摸你的手。

何去何从

夜晚凝结在元老院里,但故事在继续①

漫步在柱子后面,在破碎的基座之外,

只是一个与我们所知不同的故事:

那些人物更小,漫步在亘古的泥泞中,

比他们想象的还要小;一道斧光

将你的肩膀从脊椎上削下,你的脑袋沉浸在

一个失去方位的拱门的概念之中。

没有人胜利。没有谁的脸被涂成红色。

如果我们是囚徒,那就是一场秘密战

没有被记录在凝聚的阴影中。艺术

全在于不被平静所困,一餐饭,一次购物,

一段爱情:你在寻找一个迷失的人

他漫步走开,向消失点逶迤而去

但是他裂开了,并在不远处倒下;

如果我跟着,我就能撬起一些碎片

从这越来越浓的昏暗的面团中。

你留下了一条踪迹,但是我们被撕成碎片

成了一个关于游行、演讲、背叛的故事,

砍掉的头颅和双手被钉在讲台上。

它的一切都在于放弃,如同,我们回到小山上,

---

① 这首诗涉及西塞罗公元前 43 年被暗杀的事件,他的头被钉在元老院的
讲坛上。

喷泉跳动着抵抗盛怒的雨
反击的雨水倾泻进喷泉池
而喷泉终于承认了水的史诗
不断地,从它的主动脉,喷射出细流。

致特拉克尔

短促的雨点击打着人行道。
黄昏抓紧它的兜帽,低垂着眼睛。
女孩走进来,从沉重的发上
摇落一阵细雨,转身,经过

进入内室。公园里,池塘颤抖,
将黑夜映进黑夜。小径通往山下。
冬青畏缩之处,兄妹俩在密集的叶子下面相遇,
蟾蜍在喷泉池周围跳来跳去,

森林之神盲目的大理石眼睛闪闪发光。
沙地里,一个小身体被错放在树叶之中。
烟污染着空气,烟和潮湿的灰烬和火的记忆
有人点燃了还愿物,一只烧焦而起泡的手。

营 火

(《埃涅阿斯纪》卷十一)

与此同时,黎明带来了——
总是与此同时发生的故事,
在充满悲伤和肌肉酸痛的夜晚,
在山上砍树的白昼,砍伐松树,

白蜡树,雪松,橡树——黎明带来了
光:黎明打破了水罐,
将那蓝白相间早熟的光辉
泼洒在无人的国土上空,

泼洒在沟渠、树桩、帐篷、粪堆和令人厌烦的
已经腐臭的尸堆之上。
人们在潮湿的光线中,移动,静止,
一点一点逐渐显现。去拖运

一具尸体,一只脚,一排又一排
码放在砍伐的原木上——我们
用僵硬的肩膀带动僵硬的手臂,将燃料
堆放在火葬柴堆上,直到我们看见

火花闪现,一堆又一堆相继腾起

黑色的火焰。然后按照惯例
令人头晕地,围绕每个火堆盘旋,投掷刀剑,杯子,
头盔,缰绳:一旦开始投掷,

就会变成简单的重复。就这样,罗马史诗
以黑色火焰描绘在黑色的土地上。
一旦把握住节奏,一切都会在那些倾斜的行列上
燃烧:牛,猪,目瞪口呆

仍在流血的人祭,双手
反绑在身后。英雄站在一旁
他感到头痛,肺部灼热
油烟滚滚,四处弥漫。

大火已经烧了整整一天。
人们的泪水打湿了大地和盔甲。
与此同时,另一个乏味的故事正在展开。
黑夜降临,分发污迹斑斑的星辰。

西 西 里

瘙痒,疥疮,疣,烧痛,人行道沾满一块块粪便。

祭坛上,以撒被蒙住眼睛,在父亲的刀下扭动。

黎明擦亮了海平线的银色刀锋。

神殿栖息在山顶,翅膀轻轻合拢。

一座摩尔式回廊,拱门如蕾丝空悬。它拥有

所有发生的一切:雅各抓住天使的大腿。

柠檬把树点燃①。树依然立着。

到了早上,你就会夺取一份祝福。

上帝举手,他会用刀把海与天分开。

以撒会走开,但他会一直回头看。

他会看到金子,但金子会在他眼中碎裂。

妇人在井边等候;她将生下双胞胎。②

双胞胎将生出仇恨。仇恨宽阔的子宫

将生出雅各,抓住天使的大腿

还会在苍天生出一场金色的爆炸。

这里曾立着一座犹太会堂。然后是一座清真寺。

要获得祝福,就要牢牢抓住,扭动,用力。

石榴在地下墓室中沿轨道运行。

树依然立着。洗礼盆开裂

空空如也,回忆着阳光曾经的游戏。

---

① 此处不是指真正的燃烧,而是一个隐喻,柠檬闪耀的金色看上去宛如火焰。

② 参见《圣经·创世记》25,以撒的妻子利百加怀孕后,双胞胎在她腹中相
争,两个男孩就是以扫和雅各。

爱情故事

她抬起右肘,笔直向上
像一支矛刺向天空,可原来她的手

只是在伸向颈后,摸索阿尔忒弥斯隐形的箭。
她从远处被射中,不是出于爱

除非杀人复仇预示着爱,
在这种情况下是母爱,勒托①以受难

维护她作为双胞胎之母至高无上
冷酷无情的权威。于是,其他人的孩子

纷纷死去,让这女孩满心困惑,
一连串无法名状的肉身

并非被任何激情所催动,而是出于
惊讶。穿过西西里的冬麦田,

我们从远处眺望到的火山,

---

① 勒托(Leto),泰坦女神之一,宙斯之妻,阿波罗和阿尔忒弥斯之母,受到
嫉妒的赫拉的迫害。后来阿波罗和阿尔忒弥斯千方百计保护她,同时以
各种方式惩罚那些曾侮辱过勒托的人,比如,他们把尼俄柏的所有儿女
都射死,因为她竟敢同勒托比子女多寡。

肩负天堂,头披雪花? 或是灰烬?

两天来它赫然耸立,时隐时现,
冒着烟——来源,见证者,仲裁者——

透过火舌舔过的烟囱和锡拉库萨炼油厂
滚滚的烟尘,此刻它正洁白地耸立

映衬着柠檬园的金黄。租来的车
飞快逃离那片广阔的田野,驶向恩纳,

和那片柔软如羽的草地,那里有另一个女孩
在大地抽搐时遇见了爱,她从火山口坠落

跌入一个未知世界,紧握着一朵花
花瓣卷曲,如水仙,从肥硕的鳞茎中绽放。

博 纳 尔[①]

就像这样：世界的三大块切片
　　分割成更小，果肉状
　　　　每个世界切片都包含

一大把世界，都让人痛苦，
　　如此风雅，如此多汁：女人
　　　　在哪里，毕竟，她是

故事的中心？ 嗯，我们
　　错了。中心
　　　　是一根画错了的

光柱，压扁了，熟过了头，
　　反射，镶上玻璃，而我们
　　　　应该被包括在内，但是

没有。这不是我们的房子。那光
　　不会砸在我们
　　　　脸上或者让我们

---

① 博纳尔（Pierre Bonnard，1867—1947），法国画家，后印象派和纳比派创始
　人之一，擅长描绘温馨的家庭场景，画面常包含他的妻子。用光和构图
　与众不同，画中人物往往只露出一部分。

向后倾斜着脱离生活。尽管如此，
　　花园的柱子
　　　　几乎无法将故事

维系在一起，而石榴籽
　　撒在瓷砖上，粘在
　　　　门框上。这么多的

镜子，你以为，它们会给出
　　一个观点。可是没有。
　　　　它们只是把阳光

酿造成三种
　　果酱。光的
　　　　种子将粘在

我们的牙上，光的糨糊
　　将卡在喉咙里，
　　　　无法吞咽。一束火焰

从齿状格栅中喷出，但灵魂
　　依然留在暗中。她弯曲了，
　　　　灵魂，沉浸在她的阴影

果酱之中；斜倚着，裸露，瘀伤，
　　位于边缘，一半
　　　　被抹去。她在试图

祈祷。她在试图清洗。

　　她在寒冷中

　　　　颤抖。她已经明白

她这一生，再也不会干净了。

皮洛广场①

低矮的石头和灰泥墙敞开
　　一些缺口;你可以通行无阻,

斜着穿过去,或是曲折地
　　漫步其中;你可以任选其一

在榆树下的八条板凳上看报纸,你
　　可以坐在墙上聊天或是

在晚上听收音机,你还年轻,你可以
　　遛狗:公园接纳一切

它的鹅卵石在商务鞋下发出嘎吱声,
　　就像在慢悠悠的运动鞋下一样,遛狗的人

悠闲徘徊,一个老妇背着塑料杂货袋
　　脚步沉重,一个男孩

全力冲刺,追逐着
　　另一个男孩。如果你身有残疾

---

① 皮洛广场(Piazza Rosolino Pilo),位于罗马。

或智力迟钝,你可以坐在这里,榆树
　　不会急于表现友好,它们只是

戳着邋遢的叶子,现在是四月,它们
　　似乎很高兴有你,同样还有

老德国牧羊犬和她的梗犬朋友,同样还有
　　拿着报纸的灰发男人们: 你

可以坐在轮椅上晒太阳,或者躬身
　　在墙上喃喃自语。公园

知道如何接受,如何
　　放手。它的水坑逐渐下沉

(昨晚下雨了)从视野中
　　慢慢消失。如果你病了,老了,恋爱了,

公园会向你展示,夜莺如何
　　在黎明时分高歌,昨晚的垃圾

从拐角的篮子里撒出来。你可以
　　让别人慢慢地吻你:

你可以张开嘴惊讶,众神
　　赐给你的一件礼物

连同其他礼物一道：令人吃惊的心，

　舌头上的灰烬，长久的耐心

缓慢消磨。祈祷。这个词

　"未愈合"。这个词"再见"。

湖　泊

你站在没过大腿的水里,绿光擦过
你的臀凹和腹部,那是指示灯所在的地方
在古老的狄俄尼索斯的雕像上闪烁,
当你越走越深,有那么一瞬,仿佛
这水可以把你的季节和不属于你的疾病
带来的沉重统统冲走:这是一种爱抚
它冰冷而不忠实,轻拍着你的腰,
它把你抱在怀里,你稍稍献出自己,
只是一点点,你知道那触摸很快就会轻易收回,
你很快就会回到树根纠葛的岸边,晒干,
回到你熟识的重量、尺度、脉搏、疼痛和伤疤,
失灵的肩膀,抽筋的脚,烂膝盖和噩梦
在黑暗中,在任何地方,你都能认出它们是你的;
你也知道,那些你无法治愈的将永远无法治愈
尽管你伸手抚摸,吻它们的额头,它们只是茫然回望;
山脉会朝向大海继续它们缓慢而卑贱的曳步舞
直到大陆板块在睡梦中移动,整个湖泊被吞没
在地球的喘息和海洋的哈欠之中。

画像：婚姻

穿过云杉树枝的深色羽毛和赤裸的
较低处树枝的阴影线,穿过
山毛榉飞溅的光,超越那片颤抖的
因于池塘深处和阴影中的天空,
你闪烁着进入视野
片刻,然后消失在

混合的墨水和棕土之中,如同纸皮桦
水中的倒影:光束之轴探测着
池塘的失忆症:整体:一触即溃:
那就是我这些年来对你的看法,
光芒把长袍穿了又脱
动荡水面上的一个影像;

这就是我拥有你的方式,如同一个人
在划水过程中拥抱又失去水的肌肉的滑动
寒冷,随着水的流过,拖向
新的黑暗。现在,池塘边几乎看不见你,
你翻耙经年的淤泥,
叶泥,细枝泥,

扔进手推车,我听到尖齿
碰到金属边缘的叮当声,车子突然倾斜的声音当你费力地把它推回来,给鸢尾花堤培土。
上帝知道,时间有很多身体,而我们
学得可真够慢:疏浚
凡人的秽物,阳光

在桦树皮上燃烧,更为富有变化地,
在白桦的倒影上燃烧。这时,你回来了:
撕破的白色 T 恤闪亮,一声牢骚。是,我这就下来
和你做伴。有一刹那
我想要抚摸你——匆忙,
汗湿,完整——

当树林落在我们后面。让我们用明暗对比
表现这个瘢痕,在树叶照亮的空气中,
让我们在我们现在站着的纤维质土壤中
留下痕迹,既然现在是一个命题
一遍一遍被重新塑造
在水、壤土和石头里面。

第五辑

《彩色玻璃》(1993)

应 季

它们不宽恕,也不请求怜悯,
季节最后的花朵:菊花,傲慢的万寿菊
肥硕的苏丹大丽花,都在雨中

　　打盹。现在是
　　九月。三色堇
　　装扮着墨色花纹

真是可恶:只有这种辉煌的痛苦
才能挺立,去承受天空的悸动,现在
天空冰冷,降落,袭击。在混乱的

　　秘密集会中,
　　长满尖刺的叶子,
　　正在等待。消息

是致命的。一片片叶子,一片片花瓣,
挺住了这股寒意
它已经砍倒了较为柔弱的花草

　　此刻正在探寻
　　这些血管,为了
　　最后的致命一击

镉橙,洋红,最后一股辛辣的香气
将再一次在这里的空气中飘荡,
再一次,当这些顽强的花朵枯萎的时候。

夏　甲

皮袋的水用尽了，她就把孩子撇在小树底下。

——《创世记》21：15

是一座山摇摆在天边吗，
或者只是空气，火苗一样颤动？
灰尘刺痛我的鼻孔。蜥蜴逃离
我流血的脚跛涉过的锋利小径。
我的鞋带断了。水没有了。
水袋破了，老骨头一样裂开了。
沙漠的上帝，你可曾祝福那次诞生？
与亚伯拉罕的结合，我可曾猜到他的
荒野？他将我们从他泛滥的欲望中赶走，
因为我勾勒了它的未来。她也是如此，
抱怨的女主人，她的肚子不会隆起了，
我给这恶女人梳理头发，编辫子，
缝制长袍，用珠子装饰她的面纱，
以讨取他的欢心。我剩下了什么？
肯定不是我买来的身体，不是我的儿子。
只有那震惊的核心，他大发雷霆
那场发作使我了无牵挂，彻底摆脱了
主人、女主人和上帝的束缚。
我把膝盖压在岩石上，像沙子一样
将我的身体倾倒在沙漠之中。

为了不看着他死，我用手掌抠进
自己的眼窝，可是他的哭声穿透了
所有的骨头和纤维，碎裂了封闭的蓝天
损伤了你巨大而悬停的耳朵，
沙漠的上帝，听不到我们祈祷的上帝，
却能听到一个孩子临死前的哭泣
从荒漠纠结的树根惊起。
你是石头和石头眼睛的上帝
是石缝滴水的上帝，滴落到
尝不到你名字的浮肿的舌头上。
蓟和云母的上帝。我在这里。

巴黎的肚子：一首婚礼诗

Ⅰ. 蒙托尔盖街：市场

他们在这里建了教堂，想象着
他会走向这些鹅卵石，
这些流淌的排水沟，
那只眼睛呆滞剥了皮的白色猪头；
他会抚摸下水道里捣碎的大丽花，
一窝小鸡，鳗鱼卷，虾的唱诗班；
他会触摸你，触摸我，
因为我们同样肮脏，因为屠宰
就是生活，而生活
就像这条街一样
在我们身上流淌。

Ⅱ. 圣厄斯塔什：市场教堂

我们所了解的
关于圣厄斯塔什的点滴
使他光彩照人：
这位公元三世纪的
罗马将军

怎样在狩猎时

从一只鹿角上
认出了十字架
并立即皈依；
他怎样

被置于铁牛中
炙烤，他的叫声
变成了
音乐；怎样，
被翻译，他祝福

这座屠夫的大教堂，
它的彩色玻璃，它的钟楼，
它的管风琴独奏，
它的街道
和市场的血腥一起呼啸。

爱斯基摩寡妇

她什么也看不见，她的眼睛闭着。
我看见她趴在那里，脸颊光滑
在潮汐磨平的岩石上。
我倾听她听到的东西：独木舟

缝合波浪的褶皱，
发出沙沙声和拍打声。我看见，她却没有看见，
每支桨在水中舀出的让人惊讶的
开口，为了秋季的迁徙。

他们不带她。他们不会带她：
她爬行，乞求
一路上，血一直在渗流。
她失去了最后一个孩子。没有男人。

石头上的血迹。不祥之兆。
她的哭声已经干涸：
她现在听不见自己。
我也听不见

她：她是一个正在干涸的
故事。独木舟
绕过海角，驶向开阔的

海域,我将在那里失去它们

就像我将失去她
独自一人在海滩上
在她躲藏的地方
在她自己名字的穹顶下。

童 模

（为罗莎莉·卡尔森，格陵兰爱斯基摩木乃伊，四岁
男孩，《国家地理》杂志，1985 年 2 月）

我想收养你，洋娃娃一样的孩子，
你的死亡，你在《国家地理》中的
复活。寒冷

把你紧拥在它的密窖里，所有的
凝视，所有的微光。北极星，
躺在海豹皮的墓床中，你依然

在那里等待你的母亲，
相信她会跋涉着穿过风雪而回，
饥荒，连绵的世纪：把你从这魔法中唤醒，

把你夺回来，肢体完整，笑着回家。可是现在
困在这些书页里，你触摸
骨头的小珠子以求安慰。我们

对于你一无所知，除了那如此
耐心的美，依然没有腐烂，
在死亡中从未见过。我们抓住

你,古老的孩子: 我们需要
相信你已获救,仿佛柯达胶片中一张毫发无伤的脸,
拯救了所有其他已经死去的

丑陋、瘀伤、被淘汰的人。

爱斯基摩母亲

我知道我必须做什么，一个小东西。
然后他会要他的炖肉
从肥美的海豹身上剁下的脂肪。
然后他会要他的炖肉。
一个小东西。穿上我的海豹皮风衣

我会带着这个偎依在我身边的小女孩
下到海边，把她用襁褓裹起来
用四块石头压住，每块都有我的巴掌大。
我知道我必须做什么，
我知道：她划桨不行，

吃得太多，不会打猎，
我们有足够的人手来拉伸和缝制皮革。
我知道她温暖楔形的头
拱在我的胸口下，急切的牙床
触发着我的乳头，幸福

而自信的奶水把我
牵引到她那里，我们没有秘密。
他怎么会知道，现在
从四个月的狩猎归来，雪橇装满了
海豹，但还不够。他怎么会知道

我所知道的,我的姐妹和表姐妹
知道但不会说的东西,当她们转身
离开我时,当我走在
海边小径上,在最后的碘色的光中,
把我那个小东西小心翼翼地夹在胳膊下面。

科 学 课

人体是多余的。
罗切斯特知道：一夜激情和冲洗过后
东倒西歪地回家，
睾丸皱缩，腰部扭伤，
手指滴水，气味刺鼻，他

被知识所吞噬。他曾经不停地抚摸
从肋骨和髋部脱落的柔软肌肉，
预知了拉肢刑具、绞架、锅，
所有精密的探索工具，包括
最后的传神的颤抖；知道

池塘里的浮渣会长鸡皮疙瘩，
反常地兴奋起来；知道西班牙苔藓
如蕾丝悬垂，黑色的泥浆会吮吸
和渗流，连同对快乐的忏悔；
知道真理是个囚犯

乞求着要获得自由。
于是一遍又一遍，那光滑的女孩，
那优雅的男孩，必须摆出姿势
而这位爱神科学家结结巴巴，重复着自己，
在他篡改的连祷中蹒跚踉跄

将纯粹的形式从这死亡的身体中剥离。

典雅爱情

空荡荡的房间,空荡荡的窗户,他赤裸的后背
对着我们,在一片阴影的神经丛中,
她的背向着他:爱是一束探索的光刃
穿过在它的进程中,被它烧焦的地板。

女人站在触摸不到的地方,匿名的肩膀,
从她下垂的斗篷上倾斜着裸露出来,
双手戴着手套放在窗台上。
他看不见的目光,俯向

那个拒绝的她。花瓶
介于他们之间,预示着
一个告知:他们需要
介于其间的东西——光束、花朵、垂落的

斗篷的爱抚——就如同他们需要
我们的注视一样。他们的仁慈
在于他们没有面目,他们的暴行
在于静止。他们将永远

滋养又剥夺那只饥饿的眼睛,
它的瞳孔在收缩
在无限退缩的痉挛中。
是时候付出代价了。

代　价

那不是我们的婴儿
在城市动物园的垃圾筒
有人把它捡了出来
是别人用纸包着扔进去的

　　你为什么要
　　背对着我睡觉

此外,那是另一个城市
我们已经不再住在那里

　　因为它很冷

此外,我这些天
收集的是短语而不是婴儿
斯巴达　　扣环　黄麻装饰材料　胯岛

　　去年冬天更冷
　　我们住在斯威登堡研究所旁边
　　你就是在那里出事的

或许那张单词清单来自佛罗伦萨的夏天
那必不可少的清单是温暖的线索

比如　香肠　折磨　舱底　我知道
我的余生都需要它

但我失去了它

　　　街角的冰把我吓坏了

我的手被消息弄脏了

　　　那不是我们的婴儿

童贞　　雄辩术　电刑
光线从臭椿的尖刺上滑落

　　　那是另一座城市

它还在呼吸

　　　帝国的代价巨大,扰乱了
　　　哲学的秘密知识

我们不是那些人

米诺斯墙边的女孩

如果,从一扇百年老窗,她
　　向外望去,望向爱琴海
那一片炫目的蓝色,那是在望向
　　一个秘密的自我,从现在起
几年后,她会在同样的阳光下

　　漫步在鹅卵石上,她会窥视
起泡的灰泥和土耳其
　　尖顶拱的窗户,奇怪
是什么幽灵在观察她,他们
　　用什么语言说话。而我

在观察着她,看到的已是
　　一个幽灵。这个结实的
晒黑了的女孩,膝盖上放着记事本和铅笔,
　　脸颊贴在手掌上,已经

在燃烧。她的肉体,像城墙一样,
　　在正午的灼热中
颤抖:到了晚上,她的身形
　　就会融化,就像山体

市场摊位,售货亭,独眼巨人的

砖石建筑,融化成
靛蓝,融化成盘旋在
港口上空的

承诺。幸存下来的
不是水、杂草和浮渣。
而是水中,反射光
那珠宝般的垂线,

灯笼和霓虹灯投射出
颤抖的微波,
确立了黑夜,它的统治
在她的眼中深不可测

每日邮报

光秃的树枝抓向天空
街道高飞,离开小镇

所有屋顶的皱褶都被梳理得整整齐齐
栅栏环绕丰盈的绿色庭院,
　　用铺路石的纽扣扣住

时间卡在市政厅的钟楼里

天空压下来
车站关闭,没有火车,但铁轨依然
击穿心脏

邮差又来了,打开车子的后备厢
解锁一个

刚读完就被判决的日子

冰

草坪,一头乳齿象缠结的皮毛
屋瓦,恐龙的皮肤

篱笆桩上一只乌鸦
观察着下午扼杀那座小白屋

云朵从枫树的手中散落

从他的前廊
走下来
    那老人
停下

脚步

测试
    他的平衡

在一束光上

雅各布·布克哈特，
1897 年 8 月 8 日

他一次又一次地将他们
打发走：暴力之人，权力狂，
就像那些新的"可怕的简化者，
他们将降临在古老的欧洲"。① 但是

他们来了，挤满了他的房间，
幽灵肩并肩。窗户消失
面孔涌动，闪耀
仿佛从内部点亮。天哪，他——

他现在明白了——多年以来
他一直是魔灯的操纵者，
他将他们投射在
世界的屏幕上。"对我来说

历史是最宏伟的诗歌。"他们

---

① 瑞士艺术史学家雅各布·布克哈特（1818 年 5 月 25 日—1897 年 8 月 8
日）在 1889 年一封著名的信中警告说，"可怕的简化者"即将到来，这些
暴力煽动者将在大众民主的支持下崛起，废除自由和法治。他的话在
20 世纪经常被人们忆起，并被视为暴君崛起的预言。他所设想的那种
简化与数学法则和一种粗俗的唯物主义有关，它不是傻瓜行为，而是深
思熟虑的政治选择，因为，对复杂性的否定也是对多样性的否定。

有等级，他的人：阿尔贝蒂①，伊尔·莫罗②，
血液淌成细流，毒药
抟为小球，圆顶的圆顶，"荣誉，

那神秘的良心与自私的混合体
幸存于信、爱、望的丧失。"他咳嗽，
想要喝水，但不愿打扰
在书房里睡觉的护士。

啊，但在他的孤独中，他有过
爱。他的同类。不是年轻的巴塞尔女人
口齿不清，带着亚麻布，不是
渴望打扫他的书籍的寡妇们，而是

"我的幻想是精神的美
……只有禁欲者才能改变世界……"不是
丰满的艾玛，用颂歌
填满邮件。"亲爱的艾玛，

你必须从感情的海洋中
拯救自己，到达艺术
……不是每种情绪都适合……"

---

① 莱昂·巴蒂斯塔·阿尔贝蒂（Leon Battista Alberti，1404—1472），意大利
文艺复兴时期的人文主义作家、艺术家、建筑师、诗人、牧师、语言学家、
哲学家和密码学家，他身上集中体现了那些现在被认定为博学之人的
本质。
② 卢多维科·伊尔·莫罗（Ludovico Il Moro，1452—1508），意大利贵族，
1494 年至 1499 年以米兰公爵的身份在位。

她将如何抱怨！"和解的

金色光辉必须

悬浮在诗歌之上……"如同悬浮在

临终的床上。埃涅阿斯·西尔维乌斯①

靠近,学者教皇

对教皇的学者说,并且抚平

教授胸前的床单。

洛伦佐守在门口,

鼻子削白了。黄昏

卧室中挤满了大使,

卢卡的天使们

拨弄着大理石琉特琴……

被子很重,但他无法

掀开：博吉亚②隐隐出现

恐怖地盯着中毒后灰黄色的皮肤。

他们正在靠近

带着他听说在巴黎公社期间

---

① 埃涅阿斯·西尔维乌斯(Aeneas Sylvius Piccolomini, 1405—1464),意大利文艺复兴时期最有趣、最神秘的人物之一,他是一位文艺复兴时期的人文主义者、诗人和历史学家,后成为教皇庇护二世。
② 博吉亚(Borgia)家族在 15 和 16 世纪的教会和政治事务中崭露头角,产生了两位教皇,该家族被怀疑犯有许多罪行,包括盗窃、贿赂和谋杀(尤其是砷中毒谋杀)。

席卷卢浮宫的火焰,当时他哭了,跑到
他那迷乱的城里报信。他们
在床周围擦过,不是西尔维乌斯,不是洛伦佐,而是
他更具想象力的

怪人们,怒气冲冲,带着戒指,
小瓶,剑柄,微笑——
尼采在他们中间,忠诚的
年轻朋友,当死神,

这可怕的简化者,
现在俯身在枕头上,遮住他的眼睛。

在密苏里州的克雷夫科尔[①]

（1989 年普利策新闻摄影奖）

只有在克雷夫科尔
一个业余摄影师
才会拍下一张如此
令人心碎的照片：消防员俯身

抱起那破烂的小身体
就像从晾衣绳上过早地
取下难以置信的衣物，苍白，
被烟熏得晕死过去，无法挣扎

在他巨大、昏暗、皱巴巴的拥抱中。
他靠近那张小脸。
她的头发像火焰一样醒目。
她赤身裸体，没有名字。

不再是婴儿，几乎
是个孩子，还没有成为幽灵，
她把一只洋娃娃般的拳头

[①] 克雷夫科尔（Creve Coeur），位于密苏里州圣路易斯，是一个法语词，本意是"心碎"。

压在这位专业人员的胸前。

她的头后仰在他的手上。
告诉我们,她会再次
站立起来,吵闹和调皮。
他正在竭力让她恢复呼吸。

强壮的男人,你知道怎么做,
你一次又一次
想把灵魂吮吸回来
回到我们烟雾的巢穴。

我们将称之为一个完美的意外。
这张快照赢得了一项大奖
尽管在克雷夫科尔的那个夜晚
它无法使她复活。

正　午

盛夏。丰盈。花岗岩的山丘
从山顶灰色的土壤中耸立。干旱：
春天已经圆满。我蹲在新罕布什尔
温暖的头骨上。干枯的草尖
从脚下的蚁丘中突起，整个田野
因蝉鸣而刺耳，那些腿与翅之间
刮擦出的小小神谕。我在抵挡什么？
丰收的念头，那些缓慢渗流的日子……
从山谷传来州际公路的嗡嗡声，
湖上传来外舷的吱嘎声，一个孩子
争吵的声音。有人在敲打，锤子的回响，
与自身的敲击形成二重奏。这里就是
鲜活白天的僵死心脏，空核，深坑
光线在周围凝聚，而我们在此进食。

赶 海 者

潮汐线上的问号，黑色的身影
弯腰俯向岩石、海藻、叹息的
水塘。他们在这个傍晚寻找
黎明时猎取的东西：从海洋的拖腔

它暴露的肺和舌头中，
可以辨识的东西。更为残酷的
问题是：*它能养活我们吗？*
这给他们蜷曲的脊椎带来一种古老的

信念。他们翻弄岩石，抓住海的
嘶嘶声。海在喘息中从未
有过回应。然而几个世纪
仍在低声重复这个问题，低语着另一个

更难发声的问题：*我们将如何
死去？* 无限重复的措辞，
海却始终无视所有语言
不知疲倦地把赶海者拖出来，

有如潮汐。人们逆着海葵最后的
光辉搜寻，当金星升起。小船摇晃

入眠,格莱南①在海湾对岸眨眼打瞌睡,
两个人影在初月的光中浮现:

如同赶海者面对空洞的海洋,
框在窗户里,一男一女弯下身
彼此靠近,雕刻出那个大海
不会回答的问题,尽管人类手抓着手。

---

① 格莱南群岛(Glenan)是法国菲尼斯泰尔省的群岛,位于比斯开湾。

鸬 鹚

孩子们领着他们的父亲
穿过毛茛草甸。身后一片幽暗
是云杉和冷杉,他们穿过丛林,
窥探田野金色的喧嚣,朝着家的方向:

在这租来的房子里,我在等他们回来,
相信这一幕是永恒的。他们一直在外面
研究海洋经济。他们艰难地跋涉
赚取沙钱①、蟹爪、海螺壳,把巨额债务

沿着海岸一点点偿还:
海洋,这个老吹牛大王,在给予和索取中
喘息,海鸥为破烂的仓库悲伤。
我无法相信的是你的死亡,

昨夜,在内陆,远离我们,
在月亮的这些慢吞吞的补偿之外。
即使有什么可以交换你,某种纽带,
那也是过去的谈判。你独自死去。

记忆从我的桌子对面漫过来

---

① 沙钱(sand dollar),一种圆形海胆,又称饼海胆,形似银圆。

我试图抓住你：多年前的那首诗
以你的"悲伤圣母"阶段为主角；
或者我的周日野餐素描，其中的表演

被你那只姿态优雅的贵族的脚抢了风头
在它的赤裸之上，聚会在漂浮。
现在没人能抓住你。这一点毫无意义。
我看到你站着，集结你的船队

肉汁，酸辣酱，蔓越橘，停泊在
你宽阔的感恩节餐桌上，叉子高举
你审视着来自你海岸的食品供应。
我们这些孩子蜂拥在你周围，你笑了。

楼下，纱门砰的一声，把我猛然
带回了现在，你无法分享的现在。
我的孩子们跌跌撞撞而入，把成包的
海洋宝贝抖落在桌子、地板和椅子上。

但现在，我们将喧闹调整为你的安静。
执事云杉保持着最黑暗的基调
尽管山柳菊用橙黄色的狂欢来逗弄我们。
有些海难连零散漂浮的木板都没有，

大海没有归还任何东西。今晨
我独自走在海滩，观察一只鸬鹚
扑通通地滑入水中。它潜入

颤抖着的黑暗,我们无法呼吸的

所在。长得难以置信。没什么可看的。
什么都没有,除了波峰和浪谷
一遍又一遍地掏空大海。
而在海湾那边,航道的钟声响起。

农　场

一旦你描述了谷仓,就把这页抹去。
无论如何,风正在锯断屋顶,
它不会屹立太久。山羊会在山脊上
啃食玫瑰果,但无论如何,会在
冬天来临时饿死和冻死。你曾经
告诉过自己那些杂草的名字,能够分辨
香菜和致命的水毒芹,
手握白色蕾丝般的花朵,一手一朵,
让它们在风中旋转。破碎的
木板围栏将草地一分为二,
直到黄褐色的草浪漫过,吞没了界线。
整个页岩海岸线正从大陆架上滑落
滑进北大西洋。曾经住在这里的那对争吵的
夫妻,我们所知甚少。雾抹去了地平线。

阿尔克曼[①]

致约翰·霍兰德

她们随着你的节拍起舞,随着
你拇指拨动的里拉琴,为你,
她们的音乐导师,摇动长长的卷发:
环绕着你的音节,最美的哈吉西科拉
和阿斯提美洛伊萨,贴上她们的嘴唇,
而你注意到黄昏的眼睑,侧目
瞥见那后来在词典中被称为
"肢体松弛"的爱:都是你的,
在你的节奏中移动,在花蕾和花瓣
星星和羽毛的迷雾中,
都是你的,在斯巴达,在那古老的时光,
在军队、奴隶和战车之前
保护我们免遭可能受到的伤害。

[①] 阿尔克曼(Alcman,活跃于公元前 7 世纪),斯巴达抒情诗人,亚历山大
九大抒情诗人正典中最早的代表,写有六本合唱诗集,但已大部失传,他
的诗歌通过其他古代作者的引用和在埃及发现的残片纸草文献得以保
存。他采用当地的多利安方言,受到荷马的影响。根据幸存的片段,他
的诗歌主要是赞美诗,似乎是由几种不同音步组成的长节诗。

来自阿尔克曼的花环

I

　　欲望松开
手臂、膝盖、大腿,她
　　注视着我
　　比睡眠或死亡更易融化,
这样的甜美携带着她——

　　阿斯提美洛伊萨,摇曳着
经过我身边,把她的花环
　　高高举起,一颗星
　　掠过夜空,
或是绿金色四月的新芽,
或是一片轻柔的羽毛

II

他们睡着了,山峦和峡谷,
岬角和溪流,黑土地
从它子宫中挣出的全部有足生物,
山间兽类和蜜蜂的共和国,
以及紫色海洋的空腔中
浮现的巨鱼:它们也睡着了,

连同那些有着如云巨翼的鸟儿

III

你不是野人,不是粗人
不是色萨利的无赖,
也不是外乡来的牧羊人,而是
一个诗人,来自高高的萨迪斯①

---

① 萨迪斯(Sardis),吕底亚帝国的首都,帝国灭亡后,成为希腊化和拜占庭
文化的主要中心。现在是一个活跃的考古遗址,位于现代土耳其马尼萨
省萨尔特镇附近。

一位老立体派画家

（皮埃尔·勒韦尔迪像，布拉塞①摄影，巴黎，1947年）

  他看到你

黑色的目光

    咖啡桌上

   两杯

     闪烁的

生命之水？

   轻轻下垂的外套包裹着你

   像杜乔②的圣母

披风

    多么整洁

    严肃

  帽子倾斜在

    你的额头上

    一只眉毛扬起，仿佛还有某种

   带有讽刺的希望

    在持续

你已经付了钱

---

① 布拉塞（Brassaï，1899—1984），本名久洛·哈拉斯（Gyula Halász），匈牙利裔法国摄影师、雕塑家、作家和电影制片人，享有国际声誉。
② 杜乔·迪·波尼赛尼亚（Duccio di Buoninsegna，约1255年—约1318年），中世纪意大利最具影响力的画家之一，被称为锡耶纳画派的创始人。

桌上的硬币旁边
　　躺着一支钢笔
　　一张
　　　　　　刺眼的小纸片
　　你没有在上面写字
　　　　也
　　　　　　不会写
棱角分明的男人
　　你不会描述
　　　　　　你身后咖啡店的门上
　　　　　　玻璃里烟雾缭绕的阿拉伯图案
　　　　　　　　　但你的朋友
　　把你困在那里
在家里
　　　　　　在北方阴郁的外省
　　阴影中,你的甜瓜在膨大
　　花园尽头
　　　　　一个黑暗的笼子里
　　　　　你的白兔们拖着脚步,踩踏
如果你品尝一片薄饼
它不会被圣化

恋 尸 癖

更多的骨髓要吸,更多的挽歌
要呼啸着穿过消化道。诚愿上帝
给我再来一份死亡,
拜托来点浓郁的肉汁和黑眼豆,
全都泼进超验的乱炖
蒸汽升腾,在天堂的鼻孔中闪耀。
蒸馏出响嗝,把口水留作墨水:
死亡,既然你滋养我,我就会对你
百般奉承。我们都是消费者,爪子张开
利齿在新掘的坟墓旁跃跃欲试,
收割者和挽歌作者,我们来合作
在这最严格的亲密关系中尽情饕餮,
我的喉咙是张开的坟墓,我的舌头
永远摸索着悲伤永远年轻。

他的长眠之所

献给罗伯特·潘·沃伦,1905—1989

I

　　当然
从松枝上的凹口流出的
不是忏悔,而是一块树脂。
这冬天的
货币。不必刻画

溪流,被冰块窒息却依然
绿意斑驳,哽咽着
越过巨石和枯枝流向某个永不消逝的
甚至连一月

也无法给予的时期。如果你和我
伫立在寂静中,观察
妊娠的雪云停滞在
斯特拉顿①结冰的门廊上

那是因为我们知道
在我们之间流动的东西,

---

① 斯特拉顿(Stratton)是美国佛蒙特州温德姆县的一个城镇。

也在冬天的树皮下流淌

如此深邃，没有刀刃可以诱导它。

II

风暴，夏日

起初是一种麻木

在池塘表面蔓延，

白桦和杨树的叶子在抽搐，

香脂松平整对称的树梢在颤抖。

然后雷声涌动，从山脊到山脊轰鸣，

一阵雨的痉挛

撕裂蜘蛛网，击打腐叶土，

淹没了小溪的真情告白。

当我们瑟缩在门廊上

风暴经过

像一阵痉挛

从缺口处

涌入山谷。

天空再次在池塘中闪烁，

微风轻抚树叶。

我们还在这里。等待。

III

你的皮肤

脆弱，苍白，无比湿润

像是可以抹去的承诺；
你的目光，一种忧虑
吃惊的跳跃，缓慢退入
它的巢穴。
你蜷缩着远离我们：
我们追捕你。
你摸索着，半坐起身：
我们逃离，把你留在那里。
我们能在你的知识
和我们的知识之间
找到怎样的交集？

IV

在你去世前的
两天，我们看到了你的死亡
在眼睛里聚拢，你的瞳孔定住，
微小，无论光明还是阴影
都无法唤醒

于是你的智慧
向内流失，只有
我们声音的回响
曾经探测过那里：

然而你依然亲切地
拥抱我们，预见到

枯萎的火焰
正在房梁上的抽穗,宫墙

正在下沉,但是合唱团
看不见;面对我们的
矢口否认
你早已迎迓了

唯独你能看见的
门廊边徘徊的陌生人,
你挣扎着挤出
憔悴的微笑:"进来! 进来!"

歌　曲

　　绿树丛中

　　一张黄色的床罩：

四角张开,铺向昏暗、驼背的松林。

　　让空白的天空

　　成为你的华盖。

用逐渐崩塌的石墙给这床罩镶上流苏。

　　在这里,信念

　　在直立的花岗岩上刻出

"天堂相会",在同一年失去的

　　每个孩子的坟上,

　　三个,都葬在这里,

一个世纪之前。树根和苔藓

　　在同一张床上紧紧拥抱

　　母亲,女儿,死在一起,

在同一天。"主啊,请记念穷人",

　　他们剥落的字母在祈祷。

　　我转过身。

我将无处与你相会,在没有变容的时刻。

　　在柔软、凌乱的土壤上

　　蓝莓灌木在匍匐,

每一颗浆果,都是一个灼热的彩色小太阳。

　　压碎在舌头上

　　释放出一阵

血肉的剧痛。嫩肉，从它的皮肤上滑落，
　　保留着它蓝色的热度
　　顺着我的喉咙而下。

生于女人的男人

在缓慢的窒息中
叶子燃烧。
那根纤细的蛛丝
抛在灌木之间
捕捉到的只有太阳的碎片。
每片叶子都是一个时辰。
看,看,那些时辰
对着正规的蓝色颤抖。
温暖的手掌触到花岗岩:
那只是我自己
奔腾的脉搏
触到你
冰冷僵硬的手。
在我周围,生命
紧握:橡树叶柄
紧抓住窒息的嫩枝,
地衣和苔藓抓住
前寒武纪的岩壁,野生
葡萄藤缠绕着
山毛榉:我的
手,紧抓着
这块冰川的花岗岩
岩架,我当然可以紧握

一片高空的卷积云，
也可以自由地
放手。

来自新罕布什尔

这不是你的山
但我几乎期待着
在这里遇见你

我想你已经走了很长时间
你沉重的鞋子闪耀着露水
我听到你的脚步停在土路上

我知道你正在
从夜的暗物质之中
把沉睡的山的暗物质

挑出来,测试每一个的重量
你的手很小,但它们熟悉重量和尺寸
你是边界的鉴赏家

你喜欢熊
因为它们在穿过时
把它们的故事留在

草地上肥厚的布丁粪便中
它们追求的是这里的覆盆子,而不是我们的
佛蒙特酸苹果,无论如何,你会找到它们

当它们在求偶时发出啸声

你总是回应以啸声

更像是猫头鹰而不是熊

它们不介意,它们总是回答你

而今晚我想象你在外面等着它们

傍着覆盆子,这就是为什么你没有穿过

露水打湿的草坪

没有按开

厨房歪扭的纱门

我在那里坐到深夜,傍着一个明亮的灯泡。

山　景

（弗兰科尼亚，新罕布什尔）

黄昏把阴影的毯子盖在拉斐特山上
勾勒出脊椎，陡峭的肩胛骨，腹股沟，
虎百合和羽扇豆，聚集在门廊边，
轻轻向内挤压花瓣，包裹住夕光。

最后一只鸟在草地边缘啁啾。我独自一人
缓慢地将时间围在肩上，
怀抱饥饿，当黄昏降临，让笔记本的页面
不知所措，作业般仔细的诗句，钢笔

此刻一动不动，我停下，观察一架双翼飞机
把一架滑翔机吊上虚拟的天空。
马路那头的房子里传来孩子的哭声。
飞机和它的负载消失在我的视野之外，

它们很快就会在高空中彼此释放。
对于失重悬浮的滑翔机，天就要黑了，
它自由地刻下一道不留痕迹的线条，
飘向日暮，飘向另一个地方。

莉娜的房子：水彩画

献给母亲埃莉诺·克拉克·沃伦，并向菲利普·西
德尼爵士顺致歉意①

走到这么远，深入这片潮湿的绿色
是一种视角的调整，一种空间的分割
仿佛透过窗栏，于是，不远不近的距离
莉娜的房子，弯曲的道路，桤木和山丘
就会以双联画的形式展现，而不会失去
画面的背景，仅仅因为回到了普通的风景：

这正是我们的追求，一片充满许诺的风景
它的原始超越了熟悉，一种活跃的绿色，
一个新的色彩亲缘系统，我们的画笔
将迷失其中。否则如何衡量童年的山丘
与这个更远的山丘之间的分割，
我们似乎总是在攀登，进入一个距离

更孤独，更模糊？我们追求的不是距离，
而是清晰。风景的作用之一

---

① 菲利普·西德尼爵士用英语写了最早的六节诗（sestina），其中最著名的
是双重六节诗《你们这些牧神》（*Ye Goatherd-gods*），但它被忽视了几个
世纪，直到威廉·燕卜荪在他的名著《朦胧七型》（1930）中重新将这首
诗和这种形式带入人们的视野。英语中其他写过六节诗的著名诗人还
有庞德、伊丽莎白·毕肖普和约翰·阿什贝利等。

是代表其他事物。否则，山丘
只是倾泻而下，穿过视网膜的绿色，
只是空间的转移，并没有分割。
走到这么远：我们存在着失去

主题的风险，也就是"孩子不愿失去
母亲"。是的，以双焦透视去研究距离
将分割的剧痛转化到颜料之中，
在宁静的风景中激起动荡
仿佛莉娜草坪柔和的绿色
会被普鲁士蓝弄脏，山丘会被水彩

溶解成压抑的山谷，尽管莉娜的山丘
框在窗户里，看起来不太可能失去
它在重力世界中的地位，当我从纸上的绿色
从庞廷沼泽①眯眼望向遥远的距离。
这是风景的另一种安慰：
你撕掉纸页，开始重新分割

形状和空间，而人类的分割
总会留下伤痕。"没了，没了，"每个山丘
每片被破坏的森林都在回响，没有
逃脱的希望。在噩梦中，我以为我会失去
她，是她最初给了我这份距离的礼物，

①　庞廷沼泽（Pintine marsh），意大利中部拉齐奥地区蒂纳省的填海区，由
沙丘与大海隔开。

我以为我的离开会永远摧毁所有的

绿色。几乎不可能。泪水是幻觉的源泉
它的镜头扩大,囊括原始的山丘
并在每个场景中构成母性的风景。

打破的罐子

母亲存在于每一个家中。我需要像在地上打破罐子
一样宣告这个消息吗？

——拉姆普拉萨德·森①

I

我离你很远,我正在走得更远
在半岛的路上,在借来的风景中。
潮湿的草地上,一头红母牛和它的小牛犊
看看我,继续吃草。它们雨湿的毛发
浓密纠结。它们站在原地。雨滴
装点着停在田边的生锈的拖拉机,
铁丝网,被石榴红的浆果
压弯了的冬青树枝。
在田地的远边,骷髅般的橡树
和桦树,散布在有一处进潮口的海岸
我继续前行,穿过蒙蒙细雨,
走向处于冬季自闭症中的夏日茅舍,
走向被潮水磨得光秃秃的最后的岩脊。
在那里,在最远的边缘,辽阔的大海
仅仅是透过薄雾披巾的一种直觉。

---

① 拉姆普拉萨德·森(Ramprasad Sen,1718—1775),孟加拉国诗人和圣者。

道路回环。暝色四合，

顺其自然，我任凭道路带我回家。

此时，母牛和小牛一定在牛棚里。

它们的草地在渗透的光线中摊开。

我心神恍惚。但是那些牛，

静静地站在一起，塑造了这片田野，

并将以它们的缺席继续塑造，

在反刍的、气态的黑暗中一起呼吸

在我看不见它们的地方。

‖

你的圣诞水仙，花茎太长，不适合作装饰，

从你的桌子上倾斜下来。

你曾以为这些鳞茎是洋葱，把它们

放在冰箱的蔬菜抽屉里冷藏

差点做成一道非常苦涩的炖菜。

你在你房间里独处

布拉克①的鸟在你的过去上方

展开宽阔的翅膀，以飞行来掩藏

如此多的损失

以至于你现在的瘦削

似乎刚好符合减法原理

仿佛光芒正在我们眼前把你雕刻。

---

① 乔治·布拉克(Georges Braque，1882—1963)，法国立体主义画家与雕塑家。

III

而罗马崛起
在你心中,破败而丰饶
就像你少女时代预见的那样,
回望,

它的柱子,拱门,广场,
队列,囚犯,帝国的淤血
我们全部人类生活的喷泉,
那闪耀的弧线:

预见到
集市,圆顶,渐次缩小的柱廊
从孤独中

挖掘出的内城
一种宜居之美
以消失维系着存在

现在我转向这座纪念碑
以碎片作为贡品,
我的象征

来自我们共享其黏土的原始容器。

脐　带

给凯瑟琳,八岁

这不是第一次了
我已经失去了你,
将你出卖给空气:

你的第一声啼哭
是足够的见证。
现在你有山羊的四肢,

阴影的眼睛,他们
在荧光闪烁的寂静中
用车推着你

走过越来越长的走廊。
我们俩都没有抗议。
你被裹在床单里,

你的身体太长了
也太瘦了,
不能蜷缩在我的身体里。

我让你落入

陌生人之手，
你在我之外

成长。在候诊室
我吞下
一块三明治

绵软，温热；
一篇关于领养的
文章；巴尔扎克的

借贷咏叹调。
所有的时间
都吸入虚无，直到

在恢复室的床上
你及时着陆
昏昏沉沉。

如何触碰你那来自
另一个世界的皮肤？血
从你的鼻孔里流出来。

当你的眼皮
颤抖着睁开
疼痛袭来，两条

缓慢的细流
溢出,流淌:你
从外太空看着我。

巴尔扎克认为金钱
拆散了人类的
纽带。是我们自身的

重力将我们
向下拖。我已经
坠落了数个光年

远离了我母亲的
触摸,可是现在
隔着床单的荒野

你要求我,"握住
我的手"。我们
触手可及:掌心

对掌心,我们的生命线
在一瞬间,勾勒出
一张地图。

第十二天

这是第十二天
英雄不吃食物
他拒绝了酒、睡眠、女人

尸体怎么能不腐烂？
被战车拖着
伤痕累累,沾满

泥土和马粪
毁灭,毁灭
英雄的心在呐喊

他鞭打着马匹
绕着坟墓
转了一圈又一圈

只要他可以
在这具尸体上
留下他的印记

随着每一记刺戳
它的美焕然一新
仿佛沐浴了

香膏,甚至众神
在文静的饮宴中
都被震惊：没有

羞耻吗？英雄
没有他生了
他把一具尸体

铭记于心
那张面孔跳跃着
穿过沙砾和鲜血

奇怪地混合着
另一张
面孔的

特征：心爱的人
因为这就是
爱：尸体

僵硬
在死亡的掌握中
永不放手

阿喀琉斯囤积
并亵渎死者
所以,又有什么关系

即便天地之间回响着
放手，即便
奥林匹斯的

讯息穿透云堤
大海、内庭、乙太
又有什么关系

即便一切都在回响
父亲 *放手放手*
又有什么关系，这是古老的

诗歌，它本该
这样重复
生者糟蹋死者

在他们糟蹋完生者之后
这就是公式
就是我们相爱的方式，它被称作

强迫行为，诗歌无法
帮助自己
从未有人

解释过
光芒如何刺痛
这英雄，他如何

在黎明的咸雾中
看见他母亲的脸（她
在说话之前

就会失去他）
看见她,听见
她说,*让他让他*

走,看见她
并让他的手指
松开

那悬挂着的腐烂
并安静地
太过安静地

转身离去

第六辑

《每片叶子都各自闪耀》

（1984）

花　园

I

花瓣无情地飘落，洁白，如同
雪将睡眠重叠，如同天空之手
展开一条无尽的凸花条纹布，所有漂浮物
都在落下，为花园罩上薄纱，那里
曾有一朵真实的栀子花，笨重的花瓶，
在含沙的阵风中爆裂，
将祝福撒向熟睡的猫：
当它在空气中释放出
危险的甜美，让老妇人欢笑。

II

我们躺着，冬日的四肢，一个闭合的花冠。
房间昏昏欲睡，呼吸着窗前植物
那白色的气息。从沉睡中被打捞出来，
他打着哈欠，伸展四肢，四处寻找衣物。

III

回到最初的栀子花；
在一阵海风中，

破碎。

在一座克里特的花园，

茉莉的群星笔直落于墙下。

在醉人的叶簇之外，岩石倾斜

耸起有百尺之高

蓟和橄榄树丛

与洞穴画廊纠结在一起，

村民们——1941 年 5 月——避开

破碎的天空，十天。

那是第一次

完全从空中发动的入侵。

德国人停留了四年。人们

躲进了岩石。

但在很久以前，如世纪一般密集落下的

土耳其石弹，曾经震撼了

这片土地，而更早之前，

迈锡尼人的长矛

将米诺斯人逼入岛屿的花岗岩深处。

IV

来自第七大道的植物

坐在第九街的窗台。

叶簇，在花店里绿光闪耀，

小手一样畏缩。

老去的花朵们

成了温和的奶油黄。但是新的花苞扭曲着

像众多自由之手中
擎着的淡绿色火炬。
光慢吞吞地透进窗户，
照亮整个房间。
我从床单上起身。
抖落我的花瓣，睡梦的面纱，
用罐子给盆栽的栀子花浇水。
这是早晨。开始了。
我的生活开始了。

世贸中心

在星空下,我们如此渺小,
我们是几乎
看不见的文字:
租约上的小条款
连眯着眼的律师都看不清。

你为什么不看着我,你说。

我看着你,但你背对窗户坐着。
那里,回旋着天空的皇家文件。
下方,漆黑的河流,一艘小拖船
拖着一个亮点穿越黑暗。
它想为夜晚
整个无聊的故事加上标点。
河水,无形地,滑动。

星空下,我们如此渺小,
我们跳舞,情侣们跳舞,火焰触摸着空气
在每张小桌上,在每一个小玻璃杯中。

这些法律没有征求过我们的意见。

我们跳舞,我们注视,我不能

宣读我们自己的判决,
我们的蜡烛蜡池中燃尽。
外面,星群旋转。桥梁串起
从无地到无地的亮片。珠宝般的词语
被抛在发黑的卷轴上:

被抛向世界卷曲、肮脏的边缘。

葬礼肖像

在石头的世界里，他们在石头里悲伤。

1. 母　亲

母亲把她的头压在手上，
她很奇怪自己没有孩子
这重量压弯了她的腰，而那孩子
仿佛有尚未雕琢的地方，
向面纱半掩而坐的身影伸出手，
昏昏沉沉，她腿上放着一个小盒子
里面装着那些物件——梳子，
香水瓶，玉石项链——她会带到
一个不再用得着它们的世界
在那里，美不再是一个问题。

2. 猎　人

他的狗会跟着他。它们是纯粹的能量
压抑在尾巴的阿拉伯花纹，
蜷曲的脊柱，拱起的脖子里边。但是
那个认识他主人的小仆人
把它们拦住，这次没有猎物。
在大理石上，它们呜咽，抓挠。但是他，

这位年轻的猎人,他平凡的额头

突然变得明亮,扩大成某种

理想的比例,对那些狗

充耳不闻。相反,他听到的是一种

新的合唱,不是动物的声音,

也不是人的声音,而是仿佛

桉树叶子在彼此磨砺,

叶片刮擦着叶片,而且

为了仪式的完满,唯独,

在等待着他。

3. 蒂马里斯塔和克里托[①]

她的手指放在女孩裸露的脖颈上,

轻轻地,又占有欲十足,女孩低着头,

手臂举起,宽松长袍像水一样

洒在耸翘的乳房上——如果这两个

是母亲和女儿,生育

该有多么色情,年轻的

活着的一个——该如何进一步

融入那拥抱,她的丝绸脱出扣子的束缚,

而年长的蒂马里斯塔,则站成

带凹槽的柱子,目光越过

克里托头发的漩涡,

---

① 蒂马里斯塔和克里托(Timarista and Krito),希腊罗兹岛考古博物馆永久
收藏有这对母女的墓碑浮雕。

耳朵,帷帐,她往昔的欢乐
紧系在这女孩身上,
现在得以释放,于是,
她半转过身,空闲的左臂,
向外伸展,移走,手掌张开
仿佛要抓住新的生命。

带插图的历史

(克里特岛,1977 年)

他们建起了居所,
在大海上放置了船只,开采了石料。
一个又一个民族相继而来。
最后,是马匹和战争的艺术。
有人认为,种草(这种气候下
不常见的植物),在阳光下
铺设层层的岩石、砾石和柏油,
纵情欢爱,醉于美酒,可以巩固这个小镇。

迅疾的阴影斑驳了庭院。
百叶窗上的油漆开裂。
桑树在公路和粗暴的修剪下
幸存下来,带着紫色的结节
鲜艳而傲慢的绿色。
孩子们在倒塌的大厅里玩跳房子,
只相信自己画出的线条。

海沫的绿色在沙滩上淡去,
混合着果皮、瓶子和油。猫在废墟中奔跑。
港口在风中跳跃。油污的报纸,
闪闪发光。群岛融化,

还有宫殿。

他们离开

疾奔着的棕色身体——男孩们的急促叫喊——

然后,在钴蓝色白垩的光中,只剩下叫喊。

盐光闪闪,叫喊划过蓝色的水面,

如同飞跃的鱼在空中划出亮丽的弧线。

克诺索斯

在令人昏晕的太阳下面，
在松香气息的蝉鸣中，
在柠檬色橄榄的闪耀
和正午击碎的岩石间，

最美的，并不是那些露台。
不是柱子、庭院、祭坛、大厅；
不是王后的浴缸、公牛角，
浮雕细工的下水道，彩虹山

壁画上成群收集
纸莎草的蓝猴；
不是刻在陶片上的舰队，
也不是顶盔贯甲、手持牛皮盾

心志豪壮的高大男人们，而是
那带有棱纹、略微凹空的蜜蜂，
此刻，阳光射入它的躯壳，
在天空中镂刻出一座迷宫。

奥马洛斯①

今晚的月亮胀鼓鼓的，

因为满是蜘蛛卵而一片洁白。

在月光中披上毛皮，肥厚的杂草

等待着，准备迎接月囊的诞生，

伸展开又宽又厚的叶子。

蓟刺尖锐。岩石

自行蹲伏下来。

山丘间，山羊和绵羊

有规律地摇荡着羊铃。

夜的世界倾斜。

山羊充满恶意的笑声

从突岩上飘下来，摇曳着

飘向平原上每一座小石屋中

蜷缩在黑甜之乡的睡梦人。

---

① 奥马洛斯（Omalos），克里特西部的一个小村庄，名字中含有"平坦""普通"之意。

豪　麻①

首先，是死鱼的征兆。
它们在岸边的杂草中闪闪发光。
两天后，大海吐出了它的内脏。

我们走在后巷里，
那里，楼斗菜触摸着独眼巨人的墙，
那里，孩子们继续挑起一场古老的争吵。

应该有一个演讲者，以鸢尾花的舌头，
来解读鱼兆和大水。

老鼠也死了。你看到它们躺在
罐头、压碎的茉莉花和瓜皮中。

夜晚，地球在它的骨头中翻腾；
群星摇晃，屋顶线条倾斜。

豪麻：他们说这是一棵树，
它的汁液使人长生不老。
豪麻，豪麻，我们需要自己的花园。
风回应着我们的呼喊和音节。

---

① 　豪麻(Haoma)，波斯神话中一种奉献给神、永恒的生命之树。

被催生出来的孩子

走着，不说话，

在海水浸透的街上寻找海玻璃。

葡萄园里再也无事可做。

葡萄已经采完，压榨，放进酒桶。

葡萄园里再也无事可做。

大地被烧焦。

你能想象一份可以长久的爱吗？

听，又起风了。

因亚洲而迷醉，因大洋航路而沉重，

风喧闹着穿过城镇，无视任何房屋，

任何言语，任何窗户。百叶窗砰地撞击。红色的风：

这只是风而已。

作为装饰的历史

从我们头上飘过,佛罗伦萨,你
暗杀的旗帜,你最为昂贵的红色:
巴西,马略卡地衣,胭脂虫。
让新柏拉图主义的亚诺河流淌
黄色的番红花。让宫墙,炫耀
十五世纪的染料:"小和尚"
和"狮皮"。我们为美买单;美丽的是
我们无法感受的绚烂罪行——

很久以前就开始闪耀了。而那些哲学
在精神上过于美好,永远无法成真。
时尚之城。莱昂纳多选择了
被绞死的帕齐密谋者作为主题:
"棕色帽子;黑色缎子背心,"他写道,
"黑色无袖外套,有衬里;青绿色夹克
衬着狐狸皮;贝尔纳多·迪·班迪诺·
巴龙西格利;黑色长袜。"①

优雅的尸体就这样悬荡着,美丽形影

---

① 帕齐(Pazzi),意大利托斯卡纳贵族家族,密谋了著名的 1478 年 4 月 26
日的"帕齐阴谋",洛伦佐·德·美第奇受重伤,其兄弟朱利亚诺遇害。
阴谋失败,主谋雅可波·德·帕齐及其侄子被处死,剩余帕齐家族成员
遭放逐。贝尔纳多·班迪诺·巴龙西格利(Bernardo di Bandino
Baroncigli,1420—1479),佛罗伦萨商人,也是帕齐阴谋的主角之一。

尽管它的舌头伸了出来。那些热切的八卦面孔

仍然在窥视，从吉兰达约①的墙上，

从我们今天挤过的街道上。历史

在纸币中闪现。金子、翡翠、珊瑚熠熠生辉

在手与手之间传递，而萨沃纳罗拉的日落篝火②

用幽灵般的光芒舔舐着广场

他的呼喊上升，与晚祷的钟声融为一体。

---

① 吉兰达约（Domenico Ghirlandaio, 1449—1494），佛罗伦萨文艺复兴时期
涌现的第三代画家之一，其众多学徒中，最著名的是米开朗琪罗。
② 萨沃纳罗拉（Girolamo Savonarola, 1452—1498），意大利多明我会修士，
1494 年至 1498 年担任佛罗伦萨的精神和世俗领袖。最有名的政绩是
1497 年 2 月 7 日的"虚荣之火"，他派儿童挨家挨户搜集"世俗享乐品"，
包括镜子、化妆品、画像、异教书籍、雕塑、赌具、乐器、华服、女帽和所有
古典诗作，然后付之一炬。他严厉的讲道往往充满批评，直接针对当时
的教宗及美第奇家族。后因施政严苛而被佛罗伦萨市民推翻，在"虚荣
之火"原地，被火刑处死。

日　光

于是天空伤害了你,心被撕出锯齿,
玻璃碎片从砸碎的酒铺窗户上飞出。
他们曾警告你,蓝色
意味着危险。那个小子逃走了,
锯齿型穿过人群,紧抓着他的苏格兰威士忌奖品;
酒铺老板在喊叫。那些希腊梦
甚至在纽约也经久不衰。你以为
你是安全的,无聊地沿着
人行道普通、可辨的灰色而行,
平静地消化你那一大块每日的面包,
骨头上有足够的肉来投下些许阴影,
但水坑闪耀,车窗反光,
一个陌生人从前世向你投来一瞥:
天空! 于是你站在那里,
晴朗无云,没有名字,赤裸
像是被选中的阿兹特克人面对最后的棚屋——
(他最后的棚屋;地球继续转动,
在它的血潮中滑行)——

于是你站在那里,
双手捧着你被天空刺穿的心
要献给——谁? ——
酒铺老板诅咒着日光,

摆脱警察和人群
无精打采地离开。
而你:"你在看什么?
继续前进!"于是你
继续前进,心怀感激,上帝保佑,
在白昼沙砾色的灰光中。

回　声

我坐在

从高高的松树间筛下的

斑驳光影中,这时

那俩姊妹,我的母亲和姨妈,正在谈论

她们的父亲如何离开

农场如何失败,她们

如何骑着小马越过山丘

但没有提到她们

尖叫的母亲;

　　　　　　　　而那位老朋友

看着她们,记得她们少女时的奔跑,

试图想象她们迷失的

女儿们,儿子们,他自己

在多年离散中失去的妻子;当光芒

在盘子里剩下的橄榄油中聚集起金色

米达斯一样触碰着浅绿色的葡萄

和一只杯子边缘

闪耀的椭圆;

一代代基因,继续着

微小的转录。夜晚

我梦见一串

黄褐色的身体,在森林的光线中,

紧紧地手挽着手，
涉过突出岩石间蜿蜒的溪流
那肌肉发达的沟槽，然后
盲目地，跃向
下面的池塘。

房子

在一声痛苦的叫喊中
从睡梦中剥离。那叫喊
不是我的。我的嘴
是闭着的。我死去的祖母
正站在楼梯顶端，
双唇大张，头发蓬乱，仿佛站在多年前
而我，一个孩子，盯着她站在那里。
她发出的叫喊
也不是她的。那是
长长走廊中的回声
控制住我们所有的人。

我伸出手，它还湿着
沾着溪水。
我张开嘴。

雪

复活节,雪落下
轻轻掠过树枝,
加入旧的、深深的
白色,究竟是
大地浮向天空,
还是天空下降,
谁能分得清。
它就这样静止地发生了,
我们所知道的
只是空白中的
悬浮。室内,
言语落下,轻轻
掠过窗前,掠过
窗前的脸庞,
"为什么不多拿些
木柴来生火?"
"洗洗手。"树木
站在雪上写字,
雪在树上写字,
我记得他的脸
苍白,痛苦,竭力想要
说话,汗水淋漓,
他那时还不知道

他会死掉。
　　　　此时，
雪消失在雪中，
家人聚在一起
共进晚餐，炉火
噼啪作响，那一天
我一直没有出门。
我还未曾
进入那片白色。

阿尔卑斯山

山教会我们无言。
一只雪兔穿越白雪

无声地奔向自己的地盘。我们
只在下面的村庄里说话,而且
只谈论人类的缺席,比如
G.走了,生病了

或者当我们不得不结束那些
不是爱情,甚至往往
不是事情的事情——戴着帽子,
在楼梯旁,匆匆结束:

因为无论它们是什么,它们
至少已经构成了一种苍凉。
要说起那些并非多么巨大的事情
寥寥数语,而又毫不虚假,已足够艰难。

柏　树

I

有些人相信，
即使泥土填满了大脑、眼窝、
胃的深坑、腹股沟的洞穴，
他们仍会再次崛起，
不仅仅是茎和芽。
他们相信灵魂的晶体
可以存活，甚至会与仍被困在
老旧笨重的肉体盒子里的伙伴沟通。
也有些人认为死亡这种事儿
是一种回归的美妙形式，是一种隐喻，
其中，俄尔甫斯、忒修斯、基督，可以赋予
一种"高度孤独"，一周的沮丧，
或一个月的精神病院以尊严。
他们从这些假定的地狱归来，
辉煌灿烂，处处闪耀着复活的光芒。

II

你所做的这一切，并不是比喻。
我看不见埋葬的肉身
绽放出何等样的光，

破碎的四肢不会变成音符
标记在痛苦的五线谱上。
你没有在极乐世界
与智者交谈。你甚至感觉不到
今天一整天下个不停的雨
仿佛天空把自己整个倾泻出来。
你闻不到
最初的胖雨点溅起的尘土气息，
也听不到树叶接住雨滴时轻轻的"嘘"声。
你所做的这一切，并不是比喻。

Ⅲ

天空是一块污浊的防水布，
紧绷在我们上方，紧绷在
夏天绿色的暗影上。
这个世界，过于庞大的绿，沉浸在雨水中
也沉浸于自身。
天空是一块紧绷的防水布：没有留下
任何爬出去的出口。
甚至你也被种在这里，
尽管你似乎有其他的选择
在这宏大的温室和循环的仪式中。
雨已经找到了你，尽管你感觉不到
或一无所知。丁香和腐烂的鱼饵
浸泡在蒸汽弥漫的空气中。番茄在藤上
黏糊糊地膨胀。过于鲜艳的草

将雨重新吐回低垂的天空。
但没有任何东西能用叹息把你召回，
你所有关于灵魂沟通的谈话
只是雨水和湿气渗入和占据的虚无。

IV

在你有生之年,你的肺,怎样的一座工厂。
那么多秘密要托付,
那么多命令要下达,难以置信的想法和解释
要压进几乎无法承受
这种劳动的大气。
我们并不总是倾听,
而且,我们听了,通常也不会同意。
我们会记住你一段时间,制造
我们自己的寓言,直到我们
同样不再能遮挡住风。

V

一棵树
不种在土里,而是种在半空,
那是画的底部。
那里从不下雨,一片柠檬色的天空
支撑着这棵树直立。
这是一个孩子画的柏树,翡翠的火焰
立在树干的烛芯上。

就在它上方，左侧，
中国红的太阳，旋转着
一个辐条向外分叉的永恒的车轮。

这是一个谎言，这不断闪烁的
不属于尘世的树。
我传扬它
因为它勇敢而艳丽，因为我们的天空
依然要解放自己，
而那些裹在绿色披肩里发抖的橡树
无情地扎根在我们终将化成的腐殖土中。
我传扬它，作为一种告别，
虽然你听不到，但它仍将是
我们这些依然在四季中生活的人
为你编织的谎言集的
第一个故事。

打捞者：诺森伯兰海岸

（J.M.W.特纳）

他们从残骸中拯救出来的东西
难以辨认，闪亮沙滩上的海
也可以被认为是天空。或者毋宁说，
三种元素，土、水和空气，被视为

拥有了雾的属性，因此而融解。
那些人自己，在从海浪中拖曳废物时，
仿佛圣经里的一种黑色海藻
注定，像他们摸索的桅杆一样，

在无尽的自我回转的潮汐中旋转。
如果他们引诱了那艘船，反过来，他们
也会被自己拯救的形体拖入泡沫之中。
海从遥远的大陆架涌来

打着哈欠妄图侵吞，扑向海岸
如同婚礼上的喷雾。一朵云
把它巨大的嘴巴，对准地平线上
正在沉没的船张开。这个场景中

再也没有可以拯救的东西。

一切都已失去,刚刚看见

就被云封雾锁,清晰的画笔

如同模糊的打捞者,将财产和纪念品混在一处。

田　野

（自夏加尔）

男人在一片绿色田野下做梦。
他的双腿在睡眠中生长，长达数里。
他的黑色拖鞋敲击着画框。
以法老风格，他的双手
交叠在胸前的蓝色衬衫上。
他向一侧倾斜。他的腰
扭曲着，脑袋安静地
靠在棕色、柔软的叠起的外套上。

他的帽子落进了翠绿的草丛。

在这个男人上方，田野
径直升起，为紫罗兰的天空，
镶嵌上杉树的流苏
它们尚未成为
不久即将成为的夜晚，
它们站立着，
密集而多须，若隐若现地守护着
白桦、马、篱笆、白猪
以及那座微微倾斜的小屋。

绿野一片寂静。

蟋蟀停止鸣叫。

窥视者已经绝迹。

草地湿润,燃烧着绿色,

细小的草根

探入腐殖土,大地的

黑色心脏,寻找

那里的脉动。

森林倾身靠近男人的睡眠。

它无法

为自己做梦。

天空和草地在发光,田野延伸,

生灵们啃食着炽热的草皮,

因为

这个男人一个人睡在这里

没有帽子。

致马克斯·雅各布[①]

你是一个有德行的花花公子,先生。

字体可以闪耀古龙香水的光芒

这才是你在意的;关键在于

灵魂的修饰,以便让

恶毒的马克斯保持一尘不染。

你所跪的石头是光秃秃的,

你对着它祈祷的墙壁

没有任何恶魔的装饰。然而

你有感人的虔诚,尽管

(或者说因为?)富有戏剧性:

随着年龄增长,演员的姿态

必须接近完美的艺术造诣。

你庄重地用灰尘盖在头上,

抬起颤抖的嘴唇去亲吻

圣体。你头发稀疏

但你尽可能地拔掉,以上帝之名,

连根拔除,毫不保留。

---

① 马克斯·雅各布(Max Jacob,1876—1944),法国诗人、画家、作家和评论家。雅各布于1894年离开家乡布列塔尼前往巴黎,在那里他生活极端贫困,但最终在立体主义形成时期成为蒙马特的重要人物。他是立体派画家毕加索和诗人阿波利奈尔的朋友。雅各布于1909年皈依基督教,1915年成为罗马天主教徒,但直到1921年,他仍然在过度忏悔和玩世不恭之间摇摆不定,于是他退隐到卢瓦尔河畔圣伯努瓦修道院隐居,靠绘画维持生活。1944年2月的一天,当他做完弥撒从教堂出来时被盖世太保逮捕,一个月后死于巴黎附近的德朗西集中营。

上演了十四年的《约伯记》
坐在灰堆上，肮脏卑贱，
虔诚悔罪，与此同时
又无聊得要死，给朋友们写信，
"作品的质量完全取决于，
无聊的*类型*。"
是什么样的内心荒漠让你
如此恐惧，你选择了僧侣的单人间，
而不是城市，作为你的舞台？
而你的主要道具，是基督的
玫瑰，而不是波德莱尔的花？

马克斯·雅各布在圣伯努瓦

正午的广场。悬铃木树叶,尘土:
它们在闪亮的热风中匆匆而过。
甚至影子也在沙沙作响。比利时人都走了。
不大点的小猎狗在独自小跑。
马克斯曾在此祈祷,这个大张旗鼓的人,
沙龙里的神秘主义者和文学家,
但请记住,十四年,对于一个巴黎潮人来说,
那可是相当艰难的一个姿态。
他有一种绝对可靠的场景感。
看见那块灵魂石在恶魔和天使之间
被肢解,被撕成碎片了吗?
罗马式的,当然,因为马克斯
要在这里梳理自己漂亮的灵魂羽毛
度过尘土飞扬厌倦的一年又一年。
然而,这并非易事。多么无聊!
这片平坦炎热的土地,懒洋洋的卢瓦尔河;
每日,每夜,每日:祈祷,敬拜;
树上不再有基督的蓝黄色幻象
(来自马克斯的水彩画),不再有电影资料馆
色情电影中责骂"穷鬼马克斯"的玛丽们
(会引起忏悔者们的反感),
不再有时髦的神秘主义者一路跟着他慢跑。
在圣伯努瓦,只有尘土。通向上帝的

漫漫长途？地下室之外,这条长路
从无聊通向无聊,通向德朗西集中营的
囚床。在那里,纳粹任其"自生自灭"
——一个患了肺炎的老犹太。

溺水的儿子

我,也有,自己的声音。
你不知道?
你不知道
我生命中的二十三年
在棕色的房子里
那里有褪色的鸟迹,
旧小说,棕黑色长者们的照片
在棕色房子旁戴着帽子。
我姑姑种了花。
她以为
她可以征服这座房子。
在某些日子,看起来
旱金莲会喊塌墙壁,
飞燕草闪光,
跳蚤在丁香丛中跳跃,
火绒草在草地上燃烧,
但是它们的火焰之舌,
不够响亮,因为永远坚强的
我们活死人的脸
在用我的头骨说话,倾斜着,
而真正的死者总是在夜晚
沿着我们漫长的走廊活生生地吼叫。

但是你

我听不见你。你又能对我

你唯一的儿子，说些什么呢？

小径

穿过云杉林，大地一片鲜红

满是松针、细枝、腐烂的木头：

地衣在树皮上发出黏滑的绿光。

时值夏末。所有

我听到的声音都是沉闷的

玄武岩上碎浪的轰鸣，

在远处，在歪斜的、半崩溃的树木那边。

我走在

它们的黑暗之中。

经过青苔、风暴抛掷的砾石、漂流木，

走向天空，撕裂的翅膀，哀鸣的海鸥，喘息在

灰色海湾的辽阔之中：

                    在那里

在海中，我捉住了自己的声音。

斯特林堡在巴尔的摩

（读斯特林堡戏剧《复活节》①后作）

如果她拿着一朵水仙花游荡进来，
不要害怕。她并不暴力。
在戏中，她回家过复活节，
仍穿着病号服，未经许可。
是逃出来的。但不要退缩。
如果她偷了花——某种程度上，她确实偷了——
那是她将在她家中播撒光明的象征，
那里坐着她的家人们，因羞耻而麻木，
除了父亲，无耻地，还在蹲监狱。

她就是这样爬上
这些破旧的巴尔的摩楼梯，进入我的房间。

她不尖叫，不胡言乱语，不挠自己的脸。
"不要谈论死者"，
她说，意指自己。但她告诉我
她能在白天看到星座，

---

① 《复活节》是奥古斯特·斯特林堡最温柔的、关于宽恕的戏剧。海斯特
一家生活在阴影之下。父亲因挪用公款而入狱，女儿埃莉奥诺拉被送进
了精神病院。海斯特太太和她的儿子埃利斯每天都生活在崩溃的边缘。
但当冰雪融化，一朵水仙花出现，在复活节前夕给他们带来了希望、欢乐
和仁慈。

还能听懂鸟儿的对话。"这不是瑞典",
我说。"不是 1900 年。"我指向
窗外的家园街,那里,日子
一天又一天地过去
没有利用好神职人员的时间表。
她在消失。斯特林堡已经
在召唤她回来：他快要崩溃了,
他以为她会治愈他。店主找到了
她放错地方的硬币,停止了
对那朵花的犯罪指控。债主林德克维斯特
成了仁慈的使者。克里斯蒂娜
将嫁给埃利斯。日历在游动：
页面从铜环中松脱
在阳光中飘落到地板上。
这一切都发生在
濯足节和复活节前夜之间。

伊丽莎白,斯特林堡的妹妹,进了
精神病院,她在那里不会好起来。
而在这里,在家园街,林德克维斯特
不会变成救世主,也没有一个病孩子
带着圣杯花出现,来把日子拯救。
穿着粉红衬衫的蒙古女孩
从早到晚在前廊
排列她那一小堆树枝。
天知道她看到了什么,太阳
把她全神贯注的小圆脸擦洗干净。

每天早晨,来自另一座房子的瘦长男孩
在妈妈的支撑下,踉跄地
走上三个街区,去商店。
他痴呆,她跛脚。
从七点十五到九点,他们才能完成
这个仪式,每天周而复始。

从这个窗口,我观察到的
不是行动的统一,而是
一连串的小动作:
要买的一夸脱牛奶,一盒鸡蛋。
总是那些嫩枝要被重新堆起来。
然而,看起来
那个埃莉奥诺拉
应该认识这些无语的孩子。
"你注意到了吗?"
斯特林堡让她发问,"那是唯一一个
夜莺歌唱的地方,就在
聋子和哑巴的花园里?"

佩特沃思的室内景：自特纳

（埃格蒙特勋爵说①）

这是对房子的一种惩罚，让它

在金红的火焰中猛烈燃烧；烟雾

在前楼梯上滚滚而上；墙壁

像叶子一样蜷缩。

我说，我害怕

在自己的房子里。不要相信

这事儿是我引发的，是

那个人，他本该只描绘公园，你要知道，

但后来

却迷恋上了音乐室。

现在我们有什么：火焰的洪流

从一个房间翻涌到另一个房间，家具

在炽热中毁灭，我的妻子

阿米莉亚夫人变成了

幽灵，天知道潮水里翻起了

什么鱼和溺死的奴隶

还有袖珍圣经、鼻烟盒、椅套，

那维护良好的房子里熟悉的小摆设。

---

① 1830 年至 1837 年间，特纳为他的赞助人埃格蒙特勋爵画了系列组画，
其中有些画的是室内景。诗中对历史人物的描写颇为随意。

爱德华、拉维尼娅、简在哪里？为什么
没有一个人喊"火！火！"？我
独自一人吗？
　　　　那人没有分寸感。
据说,他曾经在暴风雪中
把自己绑在港口边汽船的
桅杆上：水手们被雪蒙住眼睛,船
废了,靠引绳牵着,他们差点死于此人之手,
而他——
他说,他在观察"海上的光"。
那幅画是"肥皂水和石灰水",评论家这样形容。

但在这里,我们的房子里,他释放的
不是气象灾难,而是火灾。
他是个男人
爱上了最后的事情,显然,
的确是最后的事情,但在我看来,
他似乎从未理解最初的事情,
当然也不明白
得体的日常生活那美好的中间的事情。
我们在此度过了多少下午茶的惬意时光,
多少小奏鸣曲,
黄昏的艺术歌曲,桥牌,
阿米莉亚的刺绣,炉边安静的猎犬们,
现在全都消失了。
　　　　也许没有火焰。
血红的雾升起,也许

是我自己的眼神衰弱了。

我什么都听不到,只是恐惧着

楼上的房间,狭窄的房间

我已经很久没有进去了,只记得

穿堂风、咯吱声、壁橱角落里的污垢,

窗户紧得探不出身,古老的

潮味儿。现在,谁知道

窄床上,变形的地板上

什么行动在展开?

随着蒸汽的上升,上升? 随着热量

将房子托举,进入一个

全然由它自己创造的大气层?

参与者

是谁? 阿米莉亚哪儿去了?

为什么,在这熔炉中,我听不到任何声音,

也感觉不到我的皮肤开始剥落?

雪　天

在一个白色的下午，我无话可说
只有蚀刻的烛台，
僧侣一般，守护着窗玻璃
带着拱形的烛芯；一瓶胶水，
一条黑色的卷须，向上蠕动着，
接着是另一条，窗台上的丛林植物。
这房间里的生活是静止的。
对于纽黑文的积雪吨数，
楼下的门铃，
或是塔楼上的钟不响，
无能为力，无能为力。
无话可说，除了在这里，
我们，隐秘地，
在渐暗的房间，在黑暗中成型，
对着雪窗，对着雪天。
　　　　　　我想起
我的朋友，她
并不真的是我的朋友，
除了她眼中的死亡，那双圆圆的
聪明得像一只乌龟的眼睛。
我想起我的朋友和雪，因为
那个空白避风港是她发现的
当别克车翻转成她最后一个雪天

无论在哪条路上,当暮色降临,她
都无法说出她所知道的东西
当玻璃扎进她的眼睛,她的嘴里充满了雪。

雷 诺 阿

在颤动的条纹遮阳篷下,他们
这个下午聚在一起,与酒瓶
和酒杯一起闪耀,桌子上
毛茸茸的狗坐在苹果皮
和桃子中间。他们
在明媚阳光的配合下
排演一种文明。
离我们最近的两位绅士舒坦地
赤着膊,穿着背心。下一张
桌子上,棕色夹克和圆顶礼帽
融入了巧妙的斑点和冷漠,
只有最远处的绅士,西服笔挺,
高顶礼帽,保持着深沉的
庄严。而女士们,女士们——
戴着系带的女帽,领口
和手腕扣紧,却已进入
熟睡:她们的脸颊
和半闭的眼睛暴露了她们的身份。
肉体是水果,低语是灌木丛
阳光是酒;所有的布料
都溶解了。而当这些色彩
和人物逐渐消失在一个
失落的下午,那一片感官的

迷离之中,那里将会留下

幽灵般的朱红色,象形的嘴唇,

曾经如此俗气而炫目的

遮阳篷的条纹和银莲花,正逐渐暗淡成

关于蔓延、溅泼和强光的神秘地图:

不是珍妮,玛丽—泰瑞丝,阿尔方斯,奥古斯特,而是
    这个——

这个最真实的图案,辉煌显现,

一个薄暮中清晰可见的星座。

睡 莲

高速公路永远向远方延伸
昼夜不停,伴随着卡车的嗡鸣和颤动,
你的脸越来越远,
随着时间在我们之间累积,

但我记得一天早晨,我们一起
躺在一块平石上
在一条棕色、蜿蜒的溪流中,
太阳的光辉

在水面上铺展。麻雀
在浅水中嬉戏。一片浮云
遮住了我们,又消失,
而后再次遮住我们,

在闪烁的光线中,我们和石头
和涟漪一样。水流大声欢闹
在束缚中扭动;
一片叶子

旋转着顺流而下,绿色的小船
在漩涡中偏离,松脱,随后
彻底消失。在这个

我们每天

独自创造的奇异空间里,你
听不到我的呼吸,触不到我,尝不到
我脸颊上
太阳的变化;你无法

抱住我,叫我安静。黄蜂
在它们的纸宫殿里一格格地爬行,
蜂蛹在里面睡觉,
膨大,朝向它们短暂的飞行

和夏天的结束。风掠过
高松的袖子。再远处,公路
依旧蜿蜒而去,但是
在它自己的生命深处,

池塘静卧不动。在蛙的浮渣
和碎云中,睡莲绽放,
一颗白胖的星星,
中心点缀着阳光。

它在轮胎的嗡鸣中保持着宁静,
在滚烫的逃逸之路上,沥青尖叫,
夏天展开,我们
却离得越来越远。

安蒂特姆溪

（两万两千人死于 1862 年 9 月 17 日）

恋人们跨过桥梁，褐色的溪流
在生锈的田野间滑行。恋人们听见
玉米秸秆纸莎草般的沙沙声，当他们攀登
山丘，一只乌鸦在呼叫。十月的空气

燃烧着赤褐色。高处，一只鹰
在天空穿梭。缓慢的血液
在大戟草中爬升，茎秆呈亮粉色
浆果喷出黑色。恋人们

现在漫步山顶，手牵着手，仿佛
萨姆纳从未杀穿"血巷"
希尔错误的"向后转"也未曾分裂他的队伍

在伯恩赛德手忙脚乱之时。恋人们不读
钉在花岗岩上的铜牌。他们喝酒，
在崩塌河岸旁的田野里做爱，

直到黄昏将景色褪去，他们
手拉手，扣紧外套，低着头离开。

拥　抱

外面，月光下，
树枝攫住夜晚，树根抓牢岩石和冻土。
我醒着躺在床上；
紧紧抱住
黑暗的锡光；
听风的手指拂过树木，
筛过僵硬的沼泽禾草、灌木丛、松散的
谷仓板、突出的屋檐，
寻找又寻找，只留下它经过时的喘息声。

夏天，一个瞬间抓住我们，
它唯一的动作
是在高大的、羽状松树的树尖微微摇动。
我们相信我们的身体，正如我们相信词语，
当笔移动时。

在车站的楼梯上，肩膀已经拱成了
未来的离别，
你转身，再次回望。
"打电话，"你说，然后下楼，
那么多火车已经驶离，
而一列新的火车，现在，正慢慢进站。

街 道

你走进一个被犬吠撕裂的
清晨,脚下是尖利易碎的
落叶——整条街道的缝隙
都裂开了,让秋天的空气
透进来,你走出户外,
进入孤身独处的清明,甚至
连鸟鸣的褶边都已被拉到一边。
每栋房子依然盲目于睡眠,
尖尖的帽子紧裹在屋檐上。
树篱紧拥着庭院,舒适如冬天的衣领。
停在人行道边的汽车,像拉链上的齿
可以预测。但你沿着中间的裂缝
往前走,走向最后一缕黎明的蓝色
在消失点自由枯竭的地方。
一路走去,你听到
杂种狗和牧羊犬猛扑铁丝网,
撞着胸口弹回,又再次猛扑。
但你继续前行,光的味道
如同新蒸馏的酒
纯净,刺舌,属于你独有。

旅行邀请：巴尔的摩

埃及货船，哼唱着阿拉伯小调，
厨房的火上煮着浑浊的咖啡……

我们是怎样的探险家，测试着
别人船上的跳板。

码头上，海伦的酒吧：
她欢迎水手们进入
五十年来，一个人守着柜台，挺立着

像一只新酒瓶。狗在摇椅上
睡觉，点唱机胖得像教皇。求爱者
每晚带着栀子花，为她而来，

为她的白兰地酒杯。
我们回到
我那冻伤的花园，你试着

在月光下收获葫芦，让巷子里
充满咏叹调，你如此沉醉

迷恋着
不可能的事物。我如此沉醉

迷恋着你的

某个思想，来自
另一个世纪的幽灵：

当我们转身亲吻，
整座大海在我们之间涌动。

一座深渊。

处女的侧影①

一个白袍女子在献祭，
单膝跪地，另一膝抬起。
双手伸出，掌心向下，
指尖微微弯曲。
脊柱如直立的茎。黑色的几何发型
露出一只赤裸的耳朵。

她那空洞的眼睛在斜视着哪里？
她面前的双耳瓶是空的。
碗和细长的花瓶也是空的。
她僵硬地跪着，仪式在进行。
没有人站在她身边，
外面的世界只是乳白色的薄雾。

他们都走了：少女、父母、长袍的祭司，
镇上的居民，甚至众神。
她如此全神贯注，没有听见
他们呼唤并离去的声音。
梁柱崩塌在沙子和碎片上，风
从沙漠卷来。

---

① 参见埃及壁画《跪在供桌前的女人》，约公元前1450年（新王国），收藏
于巴尔的摩的沃尔特斯艺术博物馆。

她没有听见,也永远不会听见。
"孩子,孩子,醒醒,"他们喊道,
但无法打破她的出神,于是
他们带着所有的财物离开了
包在明亮的织物里,狗跟在他们后面。

他们死了。某处,河水仍在上涨,
鱼类觅食,田地耕种,
新的死者被埋入生者的土地。
这些她永远不会知道。
她现在奉献的是空虚的完美,
和她很久以前一样。

没有河水上涨到她的墙边,
泥浆翻滚,春洪泛滥。
她的风景纯粹是尘埃。
腰肢从未被生活玷污的她,
不会获得许可
手持莲花,身穿新娘礼服,
进入满是死者的王国。

秋天的儿童房

这个场景关乎秩序,枫树
困在窗口矩形里的一场
大火,牛顿高中的橄榄球运动员
在外面炸开了锅,摆脱了

比赛和场地的约束。
天空是灰色棉絮
捶打着压在我们头上,
熟练的双手将它揉搓

在树枝和屋顶之间。
十月想要燃烧。
在本杰明的房间,
一排玩具士兵

在架子上闪耀,混杂着
趾高气扬的不同年代,
武装着火箭筒、弓弩和长矛。
墙上钉着一张

地球的行星图
大地上的灾区,显示出
火山的花环

向大海撒出

樱桃,毛茛代表
地震,一群青色的蜜蜂
是龙卷风警报:
战争的玩具译文

撒在地图上
仿佛灾难是一盘棋
你可以获胜。这房间
在表象的陷阱中

保持着一份和平。本杰明在学校,
房子紧抓住它的镇静,
《时报》温柔地送来每日的伤害
一片模糊的灰色,但呈几何形态:

金字塔般弓着背,一位母亲
在哀悼排成一排的小尸体;
在别处,一个黑发男孩
独自站着,当最后一辆吉普车离开

在一片烧焦的矩形天空下。
这些场景关乎
痛苦,它如何从
画面中蹒跚而出,

给怜悯和构图带来谎言。
我打扫本杰明的房间，
等他回家
因虚构的故事而愉悦：

他会跑进秋天的原野，
此刻，在那里
爆发出阵阵欢呼，头盔高高抛起，
树叶飘落在野生的

鱼群之中，金色的三角旗，
松弛的彩带，把荣耀
带给田野，和暂时的胜利者，
把树枝留给天空。

夫　妻

你转向窗户，无论我们之前
讨论的是什么，此刻
都在白杨树叶的一阵颤动中消失：
我们只剩下午后，在茫然中，

老去，但还在做笔记，
当豹纹蝶的夏天从晾衣绳上
拍打着翅膀飞走，钟声在空中
开花，从黄褐色的山丘飘来。

我将几个月的阳光
熬成了杏酱，封在
罐子里。昨晚你在
哪里，我又在哪里？谁在数

这些伤痕？我们
慢慢来。这种生活
在别墅中继续
在有玻璃流苏的高墙后，

烟雾从田野飘来，信件
抵达时就碎了。古代
比我们珍爱的过去

更为清晰可辨。凭借杜松子酒

痛苦和岁月，我们将会明白，
我们的魔法会变得多么好懂，
多么契合我们的花园，那里的象征如此茂盛。
我们将会成为故事，我们将会

在朦胧的光线中独自解析它，
如此愉悦，听到远处的喇叭声，
从道路每一个盲目的转弯处传来，
像小汽车加速驶向未来，相信不会

相撞，每一辆都带着自己命定的伴侣。

后　院

听，它正在降临，
雨后的沉静。
来到我们小巷的所有后院，
越过体育场，直到德鲁伊公园，
它正在降临，平静下来。

百日草被绳子勒住
绑在铁管上，屈服了。
接受了束缚，半直立。
无花果树颤抖，点头。
德尔和黛安，从铁丝网那边，
偷走了最后几颗果实。
其余的掉落，压扁。
树枝接受了。

邓巴夫人洗的衣物，
再次被淋湿，接受了小风：
T恤、牛仔裤、抹布
在绳子上随意摆动
仿佛再怎么指责也无济于事。

橡树叶躺在
破烂的草地和柏油路上，

一片叠着一片，
手掌般摊开，混在一起，静止。
终于安静下来，它们
在夕光中闪耀，
湿漉漉，呈深红色
和那不勒斯黄。

甚至狗儿们也停止了
喧闹。回到室内，
抖落皮毛上的水珠，发出最后的低吼。
现在只有垃圾筒伫立守卫，
随意摆放在铁丝网的门口，
新的和平，
安顿下来，栖息在后院

你没来看它们。

罗卡马杜尔①

阳光仅仅勾勒出石阶的边缘，

于是我们将高过阴影,经过倾斜的墙壁,

到达因长年累月的攀爬

被紧蹬的脚磨损的、更为狭窄的楼梯。

我们来这里瞻仰的圣母,

黑色的象牙,如一张拉开的弯弓,

可能立在众多房间中的

任意一间。

我们将各自寻找她。

但我们在此处稍作逗留,

一棵从隐秘庭院里伸出的柠檬树

在我们头上铺展开阵雨打湿的枝条。

小镇

似乎空无一人。然而,有人

将两条磨损的灰色抹布

挂在上面窗台上晾晒,

再远一些,一只破裂的陶罐

把它仅有的一株天竺葵强加给风景。

坚固,笨拙,无悔地红着:

---

① 罗卡马杜尔(Rocamadour),位于法国洛特省东北部,以山城和奶酪而
著称。

显然水润充足。

　　　　我们来瞻仰这尊雕像，
她没有特别的美，除了据说
几个世纪以来，她曾迫使
朝圣者们跪着爬台阶并许下誓言。
我们也走了很多年
似乎绕着圈子，朝她而来，
尽管我们都知道，她甚至不再站在
这个寂静的小镇里。我们不知道，
我们何时经过了纽伊圣乔治的葡萄园
经过装点着纸花的村庄，那里的幼儿
甚至也摇摇晃晃醉醺醺的，是她
在吸引着我们。吸引我们越过树林，
林中的橡树上没有巨龙盘绕，
只有雨洼中的一条蠕虫。吸引我们越过
咖啡馆、公路、加油站、花园、夜晚，
昏暗的公寓，肮脏的植物，
寂静，水上和乱石上的阳光，
直到我们站在这里，
不太清楚我们是怎么来的
或我们身在何处，群山
像巨石散落在城堡下方的沙地上。

我们站在楼梯脚下。
阴影从围墙上延伸开来，
穿过鹅卵石庭院，模糊了台阶边缘
我们将在那里行走。

把你的手给我。
我们已经走了这么远，
一起，分开。她正在内室等候，
我们将在夕光中攀登。柠檬树的枝条
聚拢着睡意，在那里陶醉。

是进去了的时候了。

探　视

I

她以为,虔诚的信仰可以被抛弃。
应该有那样的一天,漫长的一天,
梅子酒在玻璃杯中
自动升起,咖啡散发出
可能性那温暖、黑暗的气味。
字典没有让她适应未来,
但一个男人走进来
哭泣着,在哪里哦我失去的爱在哪里
并从他的帽子里放出六只灰鸽子。

六月的景色在斑驳的光中成熟。
金色田野上,杉树那边,小马们在吃草。
忍冬沿着小径蔓延。可是
天气冷得反常!
　　　　　　那个晚上
从燃烧的原木中飞出的故事,
全身金红,闯入了睡眠的房子,
这掠夺者,将他们双双暴露。

II

我记得,凌晨时分,光线如何

沿着树林的边缘裂开。在它的冲击下
玫瑰摇曳，散落红色、白色的花瓣
在新割的草地上慢慢卷曲，变成棕色。
整整一天，花瓣，在光的影响下
不断地转变，进入它们的未来。

我不能碰你。你不可原谅。

无论如何，雾气从田野上消散，
上升，消失在精纺的蓝色中。
那天上午十一点，我们上路
走进一汪纯净的阳光
那里，幸存着上一个时代凿下的石头。

幸福以奇怪的形式飞速到来
越过浓密的铜绿色山丘，
在玫瑰花丛中欢腾，又迅速逃离。
橡树间一片不安；密集的树叶
在寂静的高处搅动，接受庇护的鸟儿
在凉爽而活跃的空气中颤声鸣唱。我以为
那鸣啭能够拯救我们。
我错了。

探访的领域。否认的领域。
我们属于哪一个？
你在灰烬中预言，
但我，心不在焉，拒绝倾听；

只是看着小马们从树枝的阴影中
移进黄色的斑块,又回去,当洋槐树
下着蜂蜜雨,而蜜蜂用歌声的面纱遮住树叶。

田 园 诗

灵魂没有时间，但人类
有时间。这是其中的一个关键。

—— 安德烈·德兰①

醒来发现，蕨叶印在脑海的页岩上，
一整个夜晚，溪水潺潺，从睡眠中挤出来
他漫步穿过湿漉漉的草地。
摸索着梦的化石。想着：
我已经回来了。

他曾经回来过了。

从自我之城
解脱出来，他找到了
蓬乱的、患有关节炎的苹果树，
辫状小溪，撬动土壤的苍白的根，
雾气浸湿的白昼，猫头鹰鸣叫的夜晚：
一个个瞬间如此缓慢地消逝，他无法分辨
滑落发生在何处，除了
再一次的黎明，

----

① 安德烈·德兰(Andre Derain,1880—1954)，法国画家，和亨利·马蒂斯
一起创建了野兽派。

再一次的夜晚。

陷入更大的垂死中
他看不到瞬间燃烧的真理。
但当浆果在叶子的阴影中
将蓝色缓慢聚集成光滑的小球，
当苹果渴望实现圆满，
每一刻都在膨胀，他感觉到它在成长，
只有溪流的歌声填满他的耳鼓。

现在呢？时间在他的血液中流淌，他转身
回到有窗的世界，回到它的人类时间。
然而，神秘的是，他认识那些面孔，
现在，从他们的眼中，他看到了
溪流金色的斑点，从他们的声音中，听到了，
他们的话语下面，那融化的，金色的，流动。

果　园

(纪念 W. K.①)

被多年的修剪致残,苹果枝
向我弯垂下来,我摘下
你多年前递给我的干瘪而炽热的
果实,那时你正在濒临死亡。

多少年过去了,那些
你根本没有回应的
事实,终于在我心中
成熟。直到现在

当我坐着,怀着身孕,孤立无援
坐在深草中,被十月的阳光
画上交叉阴影线,伴随着
苹果坠落的声音,我终于品味出

你的缺席。苍白
葱绿,酸涩。唾液激增
刺激着口腔。

---

① 威廉·基恩布施(William Kienbusch,1914—1980),美国画家,以半抽象
风景画而闻名。

从下方的田野

飘来土丘间嬉闹的
儿童的叫喊和笑声。
他们的父亲们
在更高的树枝间摸索

伸长双手去抓取
那斑驳的、带条纹的
黄褐色和棕红色的苹果。
那些男人被编织进了树枝的篮子

我感到沉重,难以动弹
身边围绕着
瘀伤的果实和发酵的
光辉,那光辉

有如苹果雾从草中升起。
你没有孩子。
但你给了我
一幅关于苹果的画

枯萎而灼人,
我时不时地回忆起它,
这样我就可以
学会,像你那样

如何充满激情地迎接死亡。
没有延迟,没有。我的孩子
在我体内翻动,让我沉重。
你已经穿越

交织的季节
来迎接我们,而我看到
锈蚀而又金黄,我们如何,
已经在追随你的脚步。

海之门与金雀花

(蔓越莓岛挽歌,给 W.K.)

羽毛微湿发白,带着腐烂的气味,
云杉墨绿,在连续三周的雾霾后
灰色融解成一道门:
你把这一切

记在心里。你的房子,
抛锚在岩石上,却悬挂着
旗帜,想要
出发航行。光,当它出现在

缅因州的白色房间,
它的边缘
锋利到足以
把手割伤,而你献上了

你的双手。穿过
道路,越过黑色的树林,大海
日复一日地重复着
含糊不清的低吟。

你倾听着,倚靠在

床上,世界
一张拼缀地图,铺在
你失灵的双腿上。

你知道,你是行家。
在我们的岛上,
桤木在阳光下闪烁,鹿
在蔓越莓沼泽中觅食。

但还有
其他的岛屿,当我们坐在这里
和你聊起我们的岛和它的金雀花时,
你听到的

却是其他的岛屿。

在托斯卡纳的风景中

一张网
飘浮在清晨之上,我们
　　被笑声中的
声音的褶子所占有,被蝴蝶

　　经文,菩提树
鸟鸣刺绣的空气,还有,
　　最为明显的,
从燃烧的残茬中升起、懒洋洋

　　飘过葡萄园的烟雾所占有。我们
能被占有多久? 那个深陷于
　　梦境中的孩子,她的肉体
仿佛就是睡眠的化身,已经握紧了

　　皱缩的、带酒窝的小拳头。
然而,我们想象,这就是和平
　　已经完美,在茫然中
拖拉机的嗡鸣和公鸡的叫声

　　已经被驯服,同样
滋养葡萄藤的荒废的土地
　　将会接纳我们,并在最后

把我们仔细包裹在柏树根里。

　　但是
我们内心有别的东西
　　在哭喊，打断了
节奏，充满疑问，精通

　　痛苦的
艺术，于是我们涌向夏季展览
　　"历史中的
残酷刑具"，欢快地

　　在城市的街道
打着广告旗。甚至
　　耙地的拖拉机，
也仿佛是在寻求知识。

　　从焦土上升腾的烟雾
是一条绷带，永远无法止住
　　我们巧妙的伤害，或是治愈
那些我女儿的睡梦还不能想象的创伤。

描绘圣母

如果他一直小心地
描绘手腕和依然孩子一般的手
那是因为
他自己并不完全相信

灵魂的存在。
然而,还有什么能解释
她苍白的
额头,如此脆弱的肉身

它渴望变得
透明,如同面纱
飘动在她书法般的
卷发之上? 他几乎可以看到

这化身
像是一场光影戏法。也许
确实如此,那光
占据了她的身体,让她生出了

它的源头。然而,
颜料是矿物,画布是编织的
线,画家的手

在移动时，是一台肌肉和骨骼的机器。

我们的女儿发现
她，也有手指，手指！
抓着青草，握紧，
张开，明确的，染上绿色的小拳头。

我们周围，花园
正在劳作：藤蔓长出葡萄，
树弯着腰
仿佛在朝拜自己的梨子，一队蚂蚁

在细细地肢解
坠落在杂草中的幼鸟。空气
昏昏欲睡，充满了
菩提、薰衣草和腐烂的气味。像多马一样，

我们必须
靠触摸才能相信。于是，圣母俯身
看着她熟睡的
孩子，用一根手指抚摸着他额头上

虫咬的痕迹。她在看着
他死去。而现在，头一次，她感受到
自己的死亡在她体内蠕动
像是第二个孩子，还有，我们称之为灵魂的爱。

附录：罗桑娜·沃伦谈诗艺

（1）我觉得你的第一本诗集为你的诗歌定下了基调，你似乎从一开始就成熟了。但是，任何诗人都有一个发展的过程，请谈谈你发展的各个阶段和代表作。

当我回顾我的第一本书《每片叶子都各自闪耀》（1984 年）时，我不禁为其中一些诗歌幼稚的认真、预兆感和自负感到震惊。天哪！第一首诗《花园》真是令人尴尬。它以"这是早晨。开始了。／我的生活开始了"结尾，仿佛这是值得报道的新闻。《溺水的儿子》也令人尴尬，比如其沉醉的亚叶芝式修辞（借用《拜占庭》），以及对自己声音力量的夸大感："经过青苔、风暴抛掷的砾石、漂流木，／走向天空，撕裂的翅膀，哀鸣的海鸥，喘息在／灰色海湾的辽阔之中：／在那里／在海中，我捉住了自己的声音。"但是，我也在这个年轻诗人身上看到了一个更强大的诗人将要成长的种子。这些早期诗歌沉醉于文字魔力，但还没有学会如何在更严峻的视野下规范这种语言的奢华。但是没有这种文字魔力，就没有诗歌。这些早期诗在边写边学，尝试运用了多种声音。它们也充满了历史感，常常是悲剧性的；许多诗的灵感来自我在希腊克里特岛上居住的几个月，那里的古代文明层层叠叠，充满了暴力。这些诗记录了青年与艰难的成人世界的典型遭遇：纽约市（有一首关于仍然矗立的世贸中心的诗，唤起了一幅"世界卷曲、肮脏的边缘"的景象）；有些诗描述了充满忧虑的情爱关系；在书末，有一些关于年轻人的婚姻和母性的诗，以动荡为标志("……昨晚你在/哪里,我又在哪里?谁在数/这些伤痕?"《夫妻》)。那本书中最有希望的诗歌是面向历史的,使用严苛的韵律形式,如十四行诗、对句和押韵四行诗,如两首献给法国诗人马克斯·雅各布的诗和两首翻译的卡图卢斯。还有一些诗的灵感来自绘画,这是一种向外看而不是自我沉溺的方式。

我的下一本书《彩色玻璃》(1993 年)赢得了美国诗人学院的拉蒙特诗歌奖。我仍然为那本书感到自豪。它延续了《每片叶子都各自闪耀》的主题和技巧,灵感汲取自历史、艺术作品、哀歌和翻译,但修辞有所缓和而不失洪亮,文学典故也不那么震耳欲聋了,但我希望仍对内在论点至关重要。例如,弥尔顿在第一首诗《应时》中出没(暗指哀歌《黎西达斯》),但即使不知道这一点,你也可以感受到诗歌的内涵。那首诗以冷峻的散文陈述和华丽的语言形成对比,这种混合我一直在探索,无论是以韵诗形式,还是在自由诗中。那本书的最后一首诗《第十二天》对我来说很重要。我花了几个月才写完。这是一首关于我父亲的隐晦的哀歌,通过唤起荷马《伊利亚特》第 24 卷这首伟大的哀歌来表现,在这首诗中,阿喀琉斯在悲痛的狂热中,一直围绕他的朋友帕特罗克洛斯的坟墓,拖曳赫克托耳的尸体长达十二天,直到宙斯介入,派遣阿喀琉斯的母亲海仙女命令他释放尸体。作为一种强迫性循环,这种悲伤的形象对我来说是真实的,它也成了诗歌本身斗争的一个形象:"这是古老的/诗歌,它本该/这样重复/生者糟蹋死者//在他们糟蹋完生者之后/这就是公式/这就是我们相爱的方式……"古希腊史诗中有许多被认为是"公式化"的重复:这一观点在我看来既是一种心理状态,也是诗歌结构的特征。当我终于完成那首诗时,我知道我在自己的作品中达到了另一个阶段:迫切的私人经历、诗歌传承和实验形式的融合。我的作品沿着这些方向继续发展。

（2）你的父亲是著名的桂冠诗人和评论家，母亲是著名的作家，你在这样的家庭中长大，你的童年经历以及与同样是作家的父母的关系对你的写作有什么影响，它们是否构成了布鲁姆所说的"影响的焦虑"？

为了成为一名作家，我不得不忽略我父母的文学声誉，否则我根本无法写作。从童年到青春期，我以为自己会成为一名画家，我热情地投入到素描和油画之中。但我也一直在写作，最终写作占据了主导地位。当然，我的父母影响了我的写作；我在一个以写作为生活方式的家庭中长大。从我最早的记忆起，我就经常看到我的父母消失在他们的书房里，去工作好几个小时，我们的家庭生活沉浸在讲故事和背诵诗歌当中。大约十二岁时，我在法国上学，为了上课必须记住数百行法语诗歌，我开始写法语诗歌，并找到了写诗的方式。在高中学习拉丁文时，我爱上了卡图卢斯、贺拉斯和维吉尔，并受到启发，用英语尝试拉丁诗歌的各种形式。我通过非英语诗歌找到了自己的诗歌之路：这是绕过我父母的一种方式。

（3）你喜欢威廉斯吗？你认为他提倡的美国本土诗歌的特点是什么？就"美国性情"而言，你的诗歌有什么特点？

威廉斯并不是"我的"诗人之一。他的节奏没有让我着迷。我熟悉的精灵是萨福、卡图卢斯、贺拉斯、波德莱尔、托马斯·哈代、叶芝、艾略特、哈特·克兰……但是威廉斯确实以一种新的方式来聆听美式英语，我从中学习，有时他对日常生活朴实而精确的观察具有启示的力量："纯美国产品/发疯了——"或"玫瑰已经过时"（《春天和一切》）。我最要感谢威廉斯的诗是我诗集《启程》中的《皮洛广场》，那时我试图描述罗马一个朴素的公园和穿行其中的人们："低矮的石头和灰泥墙敞开/一些缺口；你可以通行无阻……"但那首诗以威廉斯不会发出的音调结束："你可以张开嘴惊讶,众神/赐给你的一件礼物//连同其他礼物一道:令人吃惊的心,/舌头上的灰烬,长久的耐心//缓慢消磨。祈祷.'未愈合'/这个词。这个词'再见'。"威廉斯帮助我突破了过多的文学性、过多的人工性和噪声制造。

（4）你经常从一个角色的内心来说话,采用一个角色是一种更自由地表达想法的方式吗？

采用人格面具并不是唯一一种言说（或歌唱）思想的方法,但它是一种方法,我经常使用它。甚至在我早期的诗歌中,我也努力将焦点从纯粹以自我为中心的抒情诗转移开。我甚至虚构了一个法国诗人,安妮·薇薇恩,这样我就可以用一种完全不同于我自己的声音歌唱:她在《启程》（2003年）中有五首,在《红帽幽灵》（2011年）中有两首。安妮·薇薇恩能够表达我无法表达的事情:"……悲伤/是一种烈酒。痛饮吧。我们都将被消磨殆尽。"（《安妮·薇薇恩的日记,Ⅶ》）。呼语,通过向另一个人或存在物说话,是另一种超越自我视角的打开方式,就像我写给马克斯·雅各布的诗,许多其他诗歌也是如此。

（5）在当代美国诗歌中,出现了两个不同的极端:自白诗和语言诗。你对他们的实验有什么看法？与他们相比,你独特的诗歌主张是什么？

美国诗歌已经超越了"自白派"和"语言诗"的简单对立。从个人的原始经验出发写作的诗人（莎伦·奥兹就是一个例子）也不得不注意语言的艺术运用；而从语言诗学术理论出发写作的诗人（这些理论可以追溯到20世纪70年代）,也不得不找到"歌唱"的方式——既要消化复杂的情感和精神体验,也要通过"扰乱"语法来"扰乱"资本主义。雷·阿曼特劳特和苏珊·豪出自L-A-N-G-U-A-G-E诗派——如果这可以称作"流派"的话——但她们是充满激情的诗人,表达了丰富的、无法简化为理论的生活体验。

我想写对历史负责的诗歌——对过去的残酷事实负责,因为它们对当下有着深远的影响——并对英语语言的全部资源负责:1 300年不断演变的节奏、韵律系统、句法、声音游戏和词语游戏。正如庞德在1918年的《信条》中引用但丁《论俗语》所说的那样,"要思考只有在整个艺术中有价值的东西"。我也试图将尚未具有文学形式的经验"翻译"成诗歌语言。罗伯特·洛厄尔在他的十四行诗《作为英雄的虚无主义者》中说的也是这个意思,他写道,他想要"从活牛身上钩下来的词语之肉"。我追求的艺术既不是"自白",也不与任何理论派别或教条对齐。我从深远的过去及其多元可能性中获取方向,来塑造活生生的现在。

(6)你学过绘画,和毕肖普一样,视觉艺术方面的训练对你的诗歌有着重要影响,我注意到你有不少读画诗和写给画家的诗歌,请谈谈这方面的经验,你的这种诗歌有什么与众不同的特点?

我多年的绘画和绘画经历教会了我如何去看,如何"看入"我们看的经验。也就是说,从视觉中获得"洞察力",即视力的全部意义。我早期的书中充满了受我敬仰的画家启发的诗歌:透纳、雷诺阿、夏加尔、贝克曼、博纳尔,以及像威廉·基恩布施这样的画家朋友,《每片叶子都各自闪耀》中有两首关于他的挽歌"……这样我就可以/学会,像你那样//如何充满激情地迎接死亡"(《果园》)。随着时间推移,我开始不信任过于依赖回应——或者更糟的是"描述"——视觉艺术作品的明显的移情诗。所以我将观看的行为内化到诗歌本身的结构中。我希望你能"看见"《以此类推》中《泰勒斯》一诗里凶猛咬啮着的龟:"小坦克们穿着正规的军灰色/弯刀的爪子,弹簧刀的尾巴,/宽大的装甲面孔,黑曜石的眼睛和嘴……"

(7)我强烈地感受到你的诗歌风格与毕肖普有相似之处,

我和我们这本诗集的编辑甚至想以"在世的毕肖普"来定位你在美国诗歌中的地位,你自己觉得你和她有没有某种特殊的关联?

能被认为与毕肖普相关是我的荣幸。并不是说我曾试图模仿她的声音:那声音太独特了。但我感到与她有一种亲缘关系:我们都来自有着悠久历史的英语有韵抒情诗传统,我们都改造了这些形式以应对现代生活和现代口语的压力。毕肖普在日常生活中看到了奇妙之处,例如在她的杰作《六行诗》中,商标"神奇小炉"打开了家族悲伤的神秘:"到了种树的时间,历书说。/祖母对着奇妙的炉子唱歌/孩子在画另一座神秘的房子。"

(8)你对美国的后现代主义诗歌怎么看?后现代诗歌已经成为过去了吗?还是依然有生命力,经过几代诗人的努力,后现代诗歌如果依然是美国诗歌的主流或主流之一,它又有怎样的最新的诗学探索?

"后现代"这一范畴在我看来是一个学术概念,而不是一种生机勃勃或具有创造力的美学力量。它是"时期化"的产物,是为了给多样性和演变中的艺术形式强加秩序而进行的标签化。这在构建课程大纲时最为有用,几乎就像超市为大规模分销的食品罐头贴标签一样。"后现代"这一概念能告诉我们关于诗歌什么呢?它告诉我们一个称为"现代主义"的时期已经结束;艾略特、庞德、威廉斯和摩尔不再提供主导的语言风格(尽管他们从未完全主导过:想想弗罗斯特、奥登、拉金、贾雷尔、贝里曼以及许多其他强有力的声音)。这让教授们可以无休止地争论,现代主义是否只是浪漫主义的延续,或者后现代主义中的"后"是什么。在任何时代都有太多奇特而不羁的诗歌形式,无法被纳入这样的类别,这些类别往往反映的是意识形态的狂热,而不是艺术的内在生命。你将如何"归类"像大卫·琼斯(David Jones)或 W. S. 格雷厄姆(W. S. Graham)这样了不起的怪才?将诗人归类是一种有益的思考方式吗？卡图卢斯在他那个时代是"现代的"，是罗马的"新诗人"之一。安妮·卡森今天继承了希腊和罗马古典传统的 DNA，结合了格特鲁德·斯坦和马拉美的"经典"现代主义，从中创造了无穷无尽的创新形式，既古老又完全属于我们这个时代。类似的话也可以用来描述伊修恩·哈钦森（Ishion Hutchinson）。

但让我们思考一下诗歌的现代主义。这是西方一个独特且自觉的诗歌运动，我会将其追溯到1857年，即波德莱尔的《恶之花》出版，并在法国因冒犯公共道德而受到起诉。其他人可能会提出其他日期。我们谈论的是一个自觉的、前卫的运动，它断绝了诗人与大众之间轻松的交流，并产生了诗体上的两项革命性发展：自由诗和散文诗。这些实验激励了英语诗人（特别是艾略特和庞德）以及其他语言的诗人。诗歌现代主义可以被视为一个有时间界限的历史现象，起源于19世纪中叶，但它在何时结束尚不清楚：似乎在二战后逐渐消失。兰德尔·贾雷尔在1942年有个著名的宣称："我们所知的现代主义——21世纪最成功和最具影响力的诗歌体——已经死亡。"我愿意将历史上的现代主义——20世纪初期具有独特创新美学原则（直接呈现、清晰、精确，反对维多利亚时期的阐释和冗长）的特定运动——与现代主义作为一种持续力量和一组可能性的感觉区分开来。今天依然活着。所以，不是"后现代"，但也不是教条主义，是流动的、不断演变的。

（9）生态危机是个全球化的问题，在你看来，生态诗歌的根本特征，它如何与传统的自然诗歌区分开来，在你的实践中，又有怎样的新的发展，在理念和技巧上，等等。

在这里，就像"后现代"的思想一样，我们进入了政治的领域，诗歌试图干预权力关系的领域。当然，"生态危机"的诗歌有多种形式,就像美国抵抗越南战争的诗歌在另一个时代所做的那样。诗歌在多大程度上是一种有用的政治工具,这仍然是一个严肃的问题。在政治上有效的方式还有很多,其中大多数比诗歌更"有效":投票、与政治领导人沟通、公开抗议、散发请愿书、激励同胞采取行动。"因为诗歌不会使任何事情发生,"正如奥登在为叶芝写的挽歌中所写的那样。然而,他在那首诗中继续将诗歌描述为"一种发生的方式,一张嘴"。奥登声称,"它幸存下来"。我不认为"生态诗"有什么"根本特征",因为不同的诗人和不同的学者不断声称不同的"特征"。但我们确实有各种各样的严肃诗歌,它们表达了地球上的生命受到的威胁。这些诗歌大多以某种方式修改了"传统的自然诗歌",更多地关注人类之外的自然,拒绝将自然作为人类戏剧和人类情感的剧院。这些当代诗歌中,有很多都反映出一种紧迫、恐惧和沉痛之感。诗人约翰·肖普托(John Shoptaw)在生态诗学方面做得很好,他的新书《近地物体》充满了尖锐的智慧和对自然生活细节的关注。大卫·贝克(David Baker)的《鲸落》、布伦达·希尔曼(Brenda Hillman)的《史诗中真实的水和空气碎片》、福雷斯特·甘德(Forrest Gander)的《两次生命》、乔丽·格雷厄姆(Jorie Graham)的《致 2040》和约翰·金塞拉(John Kinsella)的《防火带》,只是对气候变化紧迫性的几个有力的诗意见证。

(10)你的哀歌或挽歌极其动人,我注意到,你诗歌中有一种往下沉的调子,你似乎并不是一个热情洋溢的乐观明朗的诗人,你可能更加关注人生作为一种丧失的艺术,这使得你的诗歌往往具有直入人心的力量。在某种程度上,我在汉语里就是一个挽歌作者,我很疑惑,是什么力量和经验使我们总体上成了为时代唱挽歌的人,而不是一个赞美者?挽歌有十分深远的历史传统,或许你有兴趣谈谈对这方面的认识。

从青春期开始，我就一直认为自己是在"死亡的光辉中写作"。我不知道是什么"让我们成了挽歌诗人"，但对死亡的意识也带来了对生命的一种灿烂的意识。古希腊人称人类为"凡人"，与不朽的神灵相对：作为凡人，我们必须认真对待生命，在我们极少数的巅峰时刻闪耀。然而，挽歌和赞美并不一定是对立的：毕竟，大多数哀悼的诗歌都是在赞美失去的东西。随着年龄的增长——我即将年满七十一岁——我越来越意识到我的日子有限，我朋友们的日子也是如此，所以珍惜的冲动变得更加强烈。在我最近一本诗集《以此类推》中，最后有一首诗《青光眼》，回忆了一位密友的去世，并沉思了我自己的视力问题："溪流继续含混地述说着它唯一知道的故事，/一张松弛的蛛网遮住了月亮的眼睛。"而且，回到生态诗学的主题，从更大的范围去看，我们正在哀悼地球上生命形式的丧失。

（11）你更在意你的短诗还是较长的诗，你有几首比较大的组诗形式的长诗，它们显示出你的博学，你善于将各种材料整合到诗中。我想知道，你对现代长诗的看法。

我同样在意我的短诗和长诗！但我并不认为我的长诗，例如为作曲家罗伯特·舒曼创作的《水害》或为景观建筑师弗雷德里克·劳·奥姆斯特德创作的《土方工程》（均收入 2011 年版的《红帽幽灵》），是"现代长诗"的典范。我会把这个称号保留给更具纪念意义的作品，如艾略特的《荒原》和《四个四重奏》、庞德的《诗章》、克兰《桥》、威廉斯的《佩特森》。我的长诗反映了我对远远超出我自己的生活、情境和时代的好奇，在这些故事中我们能找到自己的方向，获取认知，正是因为它们是我们眼前生活之外的现实。我相信真正的诗歌是探索的工具：它们帮助我们探寻有难度的知识。在我的长诗中，我将散文片段，也就是我们可以称之为文献的部分，纳入更大的声音结构中，这样的诗歌超越了抒情诗的范畴,进而沉思诗歌的本质。在关于捷克作曲家莱奥什·雅纳切克(Leos Janácek)的诗《私信》(收入 2003 年出版的《启程》)中,我问道:"什么可以被吸收到歌曲中?"对我来说,这是一个基本问题,也是扩展边界的问题。

(12)作为成就斐然的学者,你的学术研究,除了诗学之外,还有哪些?学术研究会让我们对诗歌美学的历史流变有一个清晰的认识,更能定位自己的诗在这个链条上的位置,我认为这种专业意识是非常重要的,几乎所有伟大的诗人都是重要的诗学家。我们在观察别人的同时,也是在观察自己。学者和诗人的融合,究竟对你的诗歌写作有哪些具体的帮助,能否告诉我们其中奥秘。

哦,亲爱的! 我并不从事秘密交易,也不知晓任何秘密。但对我来说,知识生活——学术生活——一直与创作诗歌的生活密切相关。我通过读诗来学习作诗,尤其是阅读非英语写作的诗歌。这一点很重要,因为这让我明白,对于创作诗歌而言,存在许多不同的审美规范,许多不同的韵律系统,因此我们不会被一种狭隘的方法和一套假设所束缚。我的论文集《自我的寓言》,记录了我多年来的虔诚之所系:萨福、阿尔凯奥斯、维吉尔的诗歌,以及受到经典启发的现代诗人(奥登、斯特兰德、比达尔、格吕克);滋养我的法国传统(奈瓦尔、兰波、马拉美、雅各布、阿波利奈尔);还有我与生俱来的英美诗歌(麦尔维尔、哈代、希尔)。我还花了 35 年时间写了一部关于法国诗人和神秘主义者马克斯·雅各布的传记。这是一种疯狂的献身行为:我在年轻时遇到了他的作品,并认同他的宗教渴望、作为画家的另一种生活、他的幻象以及他的情爱困惑。他带我穿越。研究这些年代和文化如此迥异的不同的诗人,使了我自由和勇气,促使我在自己的诗歌创作中尝试了许多不同的形式。

（13）你能熟练使用哪几种语言？我知道你是有成就的翻译家，请谈谈翻译和自己写作的关系。有人认为翻译纯粹是消耗精力，我不这么认为，我认为翻译带来的文化视野很重要。

我曾经能相当流利地阅读古希腊语，几年前我曾与人合作，为牛津大学出版社翻译了欧里庇得斯的一部戏剧，还翻译了萨福、阿尔克曼和阿尔凯奥斯的希腊语抒情短诗。我已经多年没有学习希腊语了，虽然我还能背诵一些诗句，但我已经忘记了很多。高中时，我热衷于学习拉丁诗歌，它仍然是我的源泉。我更常用的外语是法语和意大利语。我同意你关于"翻译带来的文化视野"的重要性的说法，当然，作为一名杰出的诗人兼翻译家，你对此非常了解。

（14）这一条留给你，你可以随便谈谈任何我没有想到但你感兴趣的话题。我们的对话有可能不会一劳永逸，你想起什么，就可以和我说说，我都感兴趣，我相信汉语读者也会感兴趣。

你的问题已经覆盖很多内容了！也许我会用几个关于诗歌的比喻来结束本文。我认为诗歌是：一种改变心智的药物；一场刀战；一次探寻。

采访者：马永波
2024 年 7 月